涙は砂漠に捨てて

メレディス・ウェバー

三浦万里 訳

JN230515

ハーレクイン
SP文庫

SHEIKH SURGEON

by Meredith Webber

Published by Harlequin Japan,
a Division of K.K. HarperCollins Japan, 2024

メレディス・ウェバー

オーストラリアの作家。教師、商店主、旅行代理店など種々の職業を経験したあと、1992年に新たなチャレンジのつもりで作家を志す。2年後にデビューを果たした。現在はロマンスの書き方の講座も持っており、教えることが彼女自身の本を書くうえで大きなプラスになっているという。

◆主要登場人物

ネル・ウォレン……………熱傷専門の医師。
パトリック…………………ネルの息子。
ミセス・ロバーツ…………ネルの母。
カリル・アル・カラーダ……ネルの元恋人。外科医。病院長。愛称カル。
ヤスミーン…………………医師。

1

砂漠の上昇気流に乗って旋回しながら、鷹《たか》がありえないほど青い空に舞いあがっていく。それが黒い斑点《はんてん》になるまで、カルはじっと見つめていた。鳥の飛行のおかげで、彼の心も、体の拘束を離れて空高く舞うように思えた。ここに、果てしない砂の海に一人でいるときだけ、気持ちが軽くなるのを経験できた。それは幸せに近い感情だった。

突然、黒い斑点が石のように落ちてきた。ぐんぐんとスピードを増しながら、さらに破壊的な力を加えるために翼をたたみ、降下してくる。鷹が砂丘のうしろに姿を消すと、カルは口笛を吹き、戻ってくる鳥のために腕を差し伸べた。

獲物はつかまえられなかったが、残念だとは思わなかった。食べ物はじゅうぶんある。だが、鷹の失敗は、カルが鳥の訓練から長い間遠ざかっていたことを思い出させた。部下が定期的に訓練しているとはいえ、カルが触れるのとは違う。鳥もそれを感じていた。

しかし、先祖が数千年にわたって続けてきた方法で鷹を訓練することより、自分の国に近代的医療を導入し、国民に最高の医療サービスを提供することのほうが大切だったのだ。

カルは鷹の頭にフードをかぶせ、台にとまらせた。これほど自由に飛びまわることができるにもかかわらず、みずから進んで捕らわれの状態に戻ってくるこの生き物との間の固い絆《きずな》を感じながら、黒光りする羽根にいつくしむように触れた。病院に戻れば、ほかのことはなにも考えられなくなる。

しかし、明日までは……。

カルは砂丘を横切って大型の四輪駆動車に戻り、小枝の束を取り出した。火をたいて、星空の下でキャンプをするつもりだった。一晩だけでも日常の生活を忘れたかった。けれど、ビロードの夜空に明るいダイヤモンドをちりばめたように星が輝き、砂漠の砂を渡る風の歌に慰められても、鷹が舞いあがるのを見つめていたときに感じた軽やかな気分を取り戻すことはできなかった。今や気分は深刻で憂鬱《ゆううつ》なものに変わり、心は石のように重くなっていた。

飛行機が雲の下まで高度を落とすと、そこには砂丘が地平線まで広がっていた。カルが説明してくれたとおり、風で変化する砂丘の波がどこまでも続く、金色の海のようだった。砂漠の美しさについて話すときの、彼の声にひそむあこがれが、言葉以上のことを語ってくれた。彼女が愛した男性は、この乾燥した国を心の底から情熱的に愛していた。それは何千年にもわたってこの砂丘を歩きまわってきた先祖たちから、彼に受け継がれたものだった。

今、砂丘を初めて目にして、ネルは両手を握り締めた。手の中のパトリックの写真——癌《がん》になる前の、まだ髪のある写真がくしゃくしゃになった。この写真はお守りのようなものだった。十二時間のフライトの間握り締めていたので、プラスチックのカバーはべたつき、鷲《わし》のように立派な息子の鼻にしわができていた。

パトリックは元気にしている。ネルは飛行機から二度電話をかけた。一度目は、受話器にクレジットカードを通してダイヤルするというシステムに好奇心をそそられて。二度目は着陸する前にパトリックの声をもう一度聞きたくて。

今回の寛解期は続くだろう。パトリックと同じように、ネルも楽観的にならなくてはならない。ましてや異国の地に着陸しようとしているのだから。

「無事に着陸」ネルの隣のぽっちゃりした女性が言った。衝撃を感じて目を開けたネルは、隣席の夫婦にほほえみかけ、残りの旅の幸運を祈った。

ネルは自分の旅について一部を彼らに話した。この砂漠の国の病院で、自分の勤務先の熱傷部門で開発したスプレー植皮の使用法を実地教授するという部分だ。この国の病院から、新設した熱傷部門のために革新的技術に関する情報を求めて連絡があったとき、そして誰か実地教授しに来てくれないだろうかと打診してきたとき、運命がネルに味方してくれたのだ。

一カ月。ネルに与えられた時間はそれだけだ。その間に病院のスタッフに治療方法を説明し、パトリックの父親を見つけなければならない。やっと手に入れたネル自身の感情の安定を危険にさらしても、パトリックの父親に対して、あなたには息子がいるのだと——まもなくあなたの助けが、あなたの国の人々の助けが必要になるかもしれないと打ち明けるのだ。

ネルはふたたび目を閉じた。とくにその部分の重要性にほとんど圧倒されていた。大丈夫よ。飛行機が煌々《こうこう》と明かりのついた低いターミナルに向かって移動していく間に、ネルは自分に言い聞かせた。ぜったいに大丈夫だわ。

ところが安全な飛行機から外に出てしまうと、ネルの胃は不安できりきり痛んだ。入国審査を通り、税関を抜ける間にも、痛みはますます強くなった。

税関の先のドアから出たところは広いロビーになっており、愛する人が戻ってきたのを一目見ようと集まってざわめく人々で込み合っていた。その背後に、〝ドクター・ウォレン〟と書かれた小さなボードが見える。掲げているのは頭にスカーフをかぶった女性だ。その温かい笑みを見て、ネルは胃を襲ったパニックがやわらぐのを感じた。

「ネル・ウォレンです」人の群れをかき分け、ネルはほほえんでいる女性に向かって手を差し出した。

「ヤスミーンです」女性はネルの手を握り、押し合う群集から遠ざけた。

　そのとき、甲高い金属音に続いて、轟《とどろ》き、裂けるような騒音が聞こえた。この世のものとも思えない恐ろしい大音量に、人々は口々に悲鳴をあげた。鳴りはじめたサイレンが恐怖の叫びの続きのように思えた。

「なにかあったんだわ」ヤスミーンはすでに目的を持って動きはじめていた。「行かなきゃ。ここで待っていてください」

「緊急事態なら、手が多いほどいいはずよ」ネルは支柱のそばに小さなスーツケースを下ろし、人波をよけながら進むヤスミーンのあとを急いで追った。拡声装置からは安心させるような声が流れているにもかかわらず、人々はパニックに陥っていた。

　人の波を縫ってジグザグに進み、二人はようやく一階のがらんとした廊下に着いた。ヤスミーンがドアを押して、大きな部屋に入った。奥のガラス窓に、激しく荒れ狂う真っ赤な炎が映っている。ネルは窓に近づき、消防車が滑走路を走っていくのを見た。何台かはすでに到着し、怒り狂う火災に雪のような泡を吹きつけている。

　二人の背後のドアが開き、数人がなだれこんできた。カートや救急セットを手にしている者もいる。救急車が二台、外にとまり、指示らしき放送が聞こえた。始動命令を待つ緊急医療スタッフの間に緊張感が高まるのをネルは感じた。

「ここで待機して、負傷者が運びこまれたら治療します」ヤスミーンがネルに告げた。

「今ごろは病院も全面非常態勢に入っているし、救急車もまもなく到着するはずです。重傷者はまっすぐ病院に運んで、救急チームに治療してもらいましょう」

ネルは燃えている飛行機に目をやり、治療する患者などいるのだろうかと危ぶんだ。これほど激しい火災から逃げられた乗客がいるとは思えなかった。

「なにがあったの？」

ヤスミーンは首を振った。「みんなの話からすると、着陸時に滑走路で横すべりしたみたいです。とまっていた飛行機に衝突して爆発したんです」

ネルは乗客の恐怖を思い、頭を振った。何人乗っていたのだろう？

「見て！」ヤスミーンがネルの腕をつかんだ。そこには、燃えさかる赤とオレンジの炎を背景に、数人の黒い小さな人影が滑走路を逃げてくるのが見えた。

「生存者がいる」ネルがつぶやき、見つめていると、空港車両が小さな人影のそばでとまって彼らを乗せ、ネルたちの待機している部屋に向かって走ってきた。

それから二、三時間は、まともにものを考える暇もなかった。最初の被災者たちは幸運だった。やけども軽症だったので、患部を洗浄し、手当てし、ふるえる肩を毛布で包んだ。だが部屋が軽傷患者でいっぱいになってくると、治療の現場は地獄絵図がアーク灯で照らし出されている滑走路に移動した。

「患部を乾いた布でおおって、気道が損傷していなければ挿管して。顔や喉にやけどがない場合よ。それ以外はマスクを使って酸素吸入。熱や煙を吸って肺が損傷している患者が多いのを忘れないで。リンゲル液を輸液して」さらに重傷の患者が到着しはじめるにつれ、かたわらでためらっているヤスミーンにネルは言った。「患部を上げてショックをやわらげて。熱傷を治療しようとしてはだめ。服を脱がさない。火ぶくれをつぶさない。気道をふさぎかねないから頭は上げないで」ネルは付け加えた。ほかの医者より自分のほうが熱傷の応急手当てに関しては経験が上だとわかったのだ。「ほかの人たちにも伝えて。重傷患者の輸送の優先順位は私が決める?」

ヤスミーンはうなずき、ふるえながらも気を取り直し、はっきりした口調で命令を下した。

医療物資運搬車両がどこからともなく現れた。バンの横が開き、豊富な設備が見えた。患者たちを調べ、負傷の度合いで分類し、札をつけていきながら、こうした車両を常に待機させてある空港のシステムにネルは感心した。

まるで体外からコントロールされているかのように、なにも考えずにチェックし、治療しているうちに、機内から運び出される人々はすでに死亡していて、ほかの人の手にまかせるしかなくなってきた。

「行きましょう」ネルはヤスミーンに言った。「病院で手が必要よ」

ヤスミーンの顔は、治療した患者の衣服についていた煤《すす》と汚れで黒ずんでいた。自分も同じようなひどい顔をしているのだろうとネルは思ったが、ヤスミーンは黒い顔をほほえみで輝かせて首を振った。

「あなたはお客様ですし、もうじゅうぶん助けていただきました。宿舎でシャワーを浴びて休んでください」

今度はネルが首を振る番だった。

「とんでもない！　これが私の仕事なのよ、ヤスミーン！　私は熱傷専門医よ。あなたの病院には専門医が何人いる？　病院に連れていって。緊急救命室《ER》でもどこでも、必要なところに。顔はちゃんと洗うから」新しい友人に向かって笑顔で約束した。

ヤスミーンもふたたびほほえみ、ネルの先に立って空港を通り抜けて反対側に出た。事故のニュースを聞いて、あわてて空港に駆けつける関係者たちの車で、道路は混雑していた。

「渋滞につかまりそうね。戻って救急車に乗せてもらうしかないわ」ネルの言葉は騒々しい音にかき消された。見あげると、ターミナルビルの向こうにヘリコプターが着陸しようとしていた。

「あれがいいわ。チーフの自家用ヘリよ。緊急時には使わせてくれるはず」ヤスミーンはネルの腕をつかんで、来た道を戻った。「どうしてチーフが早く来ないのかと思ってたんだけど、珍しく休みをとっていたのを思い出したわ。砂漠に行っていたのね」

右往左往する人の群れをかき分けて進むヤスミーンの口調には、このチーフに対する尊敬と愛情がこもっていた。とくに〝チーフ〟という言葉と英語の訛《なまり》から、彼女は少なくともしばらくアメリカで教育を受けたことがあるのだろうとネルは思った。

「チーフって医局長？　それとも病院の最高経営責任者なの？」ネルは尋ねた。

ヤスミーンは振り向いてにっこりした。「外科部長で、院長で、我が国を統治している王家のメンバーよ。カリル・アル・カラーダは生まれもすばらしいけれど、一族の伝統の期待にじゅうぶん応《こた》えている優秀な男性なの」

カリル・アル・カラーダ。

その名は、はるか遠いところから聞こえてきたように思えた。そして空間にエコーしながらしだいに近づき、ネルの頭の中で太鼓のように鳴り響いた。

冷たい恐怖に心臓をつかまれ、ネルの全身にパニックが広がる。まだよ。心が叫んだ。まだ準備ができていない！　しかしネルの足がふらついても、ヤスミーンはぐいぐいと引っ張っていく。はるか遠くまでさがしに来た男性との出会いへと、一直線に。

カルはヘリコプターを下降させながら、下でくすぶっている飛行機の残骸《ざんがい》を見た。父のヘリコプターがその少し横にとまっているが、治療はアーク灯で照らした間に合わせの緊急治療室で行われているのだろう。

ヘリコプターではなく車で砂漠に出かけていたために、緊急呼び出しへの対応が遅れてしまった。そのことになおも悪態をつきながら、カルはしばらく空中にとどまり、ターミナルビルの背後の交通渋滞のようすを把握した。赤色灯を点灯している救急車もその他の緊急車両も、車列にはさまれて動きがとれなくなっている。警察車両が車を寄せて道路を空け、救急車を通そうとしている。一般車両の交通はさらに混雑する一方だが、少なくとも救急車は動きだした。

父のパイロットは、ヘリコプターの操縦席に座り、地上で命令を待っているはずだった。カルはそのパイロットを無線で呼び出し、離陸して空から警察に協力しろと指示した。すいているルートを教え、必要のない車両を拡声器を使って道路からどかすのだ。

コントロールパネルに軽く触れただけで、カルのヘリコプターは下降した。地上の状況をチェックしてから病院に戻るつもりだった。今ごろは全職員に出勤要請の連絡が行っているはずだ。収容能力は限界に達するだろう。近隣の州に連絡をとって、患者を受け入れてくれるかどうか、きいてみなくてはならない。数人なら遠隔地の病院に飛行機で搬送できるだろうか？　一族のビジネスが世界中に広がっているため、父の自家用機にも最高級の救急医療設備を整えてある。外国人患者の本国への送還のための手続きを調整するつてもあるはずだ……。

カルはアーク灯から離れた暗闇《くらやみ》に着陸し、かがんだまま救助活動の中心に向かって走った。いつものように、彼に気づいたことを示そうと仕事の手をとめてうなずいて挨拶《あいさつ》する者や、ためらいがちにお辞儀をする者もいた。だが、煙で黒ずんだローブを着た長身の男性は前に進み出て握手の手を差し出した。

「私は空港の警備責任者です、殿下」男は言い、カルの手を握りながら名前を名乗った。「重傷患者は病院に搬送中です。軽傷者は空港のスタッフが手当てをしています。それから、死亡者を霊安室に輸送する準備を進めているところです」彼は布をかけられた死体の列に向かって手を振った。

「こんなに大勢亡くなったのか！」カルはつぶやいた。死は神の意思だと受け入れてはいても、命が無駄になったことが身にしみた。

「あなたの病院の医師がちょうど居合わせていなかったら、死亡者はもっと多かったはずです」男は言葉を切り、付け加えた。「死亡者はまだまだ増えるでしょう、殿下。病院に向かっている乗客はひどいやけどを負っています」

「それじゃ、行かなくては。病院で僕が必要になる」カルは言った。だが、彼がヘリコプターに向かおうと背を向けたとき、彼の名を呼ぶ声がした。振り返ると、二人の女性が彼のほうに駆けてきた。

「あの、私、ヤスミーン――第六病棟のヤスミーン・アサンティです。オーストラリアのスプレー植皮専門医を迎えに来ていたんです。お手伝いは結構だと言ったんですけど、熱傷については彼女のほうがよくご存じなので。恵みの天使でした。彼女がいなければ、もっと大勢亡くなっていたでしょう」

ヤスミーンは〝恵みの天使〟を紹介しようと振り向いたが、当の女性は地面にかがみこみ、死体を包む布を持ちあげ、その下に横たわる男性をのぞきこんでいた。

「生きているわ！」かすれた声で彼女は叫んだ。

カルは駆け寄って彼女の反対側に膝をつき、明かりをこちらに向けろと指示し、死者として取り残されていた男性を調べた。

「僕のヘリに乗せろ」彼は大声で言い、バンに死体を運びこんでいた二人の男に合図した。

「ヤスミーン、点滴と体にかける清潔な布をとってこい。君は……」ストレッチャーの向こう側の女性に目をやった。「彼に付き添って、できることをしてくれ」

女性はうなずき、手早く患者の手首と頸《けい》動脈の脈を調べた。

「酸素もよ、ヤスミーン」女性は言い、ちょっと顔を上げた。黒ずんだ顔と色の薄い目だという印象しかなかったが、その声にカルはぞくっとした。吸いこんだ煙と煤のせいでかすれてはいたが、オーストラリア留学中に聞いたことがあるような気がした。

カルは一歩下がってヤスミーンを通した。次に二人の男がストレッチャーを持ちあげた。女性は片手に酸素マスクを持ち、負傷した男性の鼻の上にあてがい、もう一方の手に重たい酸素ボトルを持って、そのかたわらを歩いた。

カルは彼らの先を走り、ヘリコプターのドアを開け、ストレッチャーを受け取った。男たちに固定方法を指示してから操縦席に座り、離陸の準備をし、航空交通管制に離陸許可を求めた。

小さなヘリコプターを楽々と飛び立たせ、上空で旋回している航空機の下にとどまりながら、カルはキャビンを振り返った。汚れて髪を振り乱した女性が負傷した男性のかたわらにひざまずいていた。

まさか……。

「挿管できないわ」ネルはヤスミーンにつぶやいた。「気管損傷ね。マスクがやけどした肌につかないように、口と鼻の少し上で持っていてちょうだい。高濃度の酸素を出すわ。なんとか吸いこんでくれるように……だめだわ！　もう自力呼吸していない。気道が閉塞《へいそく》したか、浮腫《ふしゅ》を起こしている」

ヤスミーンにマスクを持たせ、バッグ換気で肺に空気を送りこもうとしたが、男性の胸は動かない。

「気管開口して挿管しなきゃならないけど、腫《は》れているし、肺が損傷しているから、圧力で……」

ネルは考えを口に出した。熱傷患者にとっては大きなリスクを伴うが、気管開口しか方法がないのはわかっていた。ヤスミーンが運びこんだ医療用具の中から、ネルはメスとチューブを見つけた。

ヤスミーンが彼女の手に触れた。

「やってください」ヤスミーンは言ったが、男性の服は燃えて首の肌にくっついている。メスを刺しこもうとして気管をさがすネルの指がふるえた。

ついにさがしあて、空気が出る音を聞いて、ネルはほっとした。開口部に細いチューブを差しこみ、男性の胸が上下するのを見た。

自力呼吸しているわ！

ネルはほっと深呼吸した。そのとき、ヤスミーンが顔を寄せて話しかけた。

「あそこに見えるのが病院です。屋上に着陸します。席に座ってシートベルトを締めてください」

「私はしっかりつかまっているわ」ネルはヤスミーンに言い、酸素マスクを受け取って気管開口チューブのそばに掲げた。あまり酸素を入れすぎて肺の損傷を悪化させはしないかと心配だった。肺は繊細だ。圧力で破れるかもしれない。熱や有害ガスの粒子を吸って、健全な組織はすでに損傷している……。

少なくとも患者の心配をしていれば、ヘリコプターを飛ばしている男性のことを思い悩まずにすむ。さっき彼の視線はネルの上を素通りした。それがひどくありがたかった。

そうよ。いつかはカルに話さなければならない。そのために来たのだから。でも、旅でくたくたなうえに、緊急事態で動揺し、煤や灰だらけの姿でなんて、とんでもないわ！

小さなヘリコプターが着陸した。すぐにカルがそばにひざまずいた。「熱傷患者に気管開口か。普通はやらないな」不満そうなきびしい声だ。

「呼吸していなかったんです」ヤスミーンが言った。「ドクター・ウォレンは開口に踏み切る前にあらゆることを試しました」

会話が交わされている間、輸液カテーテルがはずれていたので、ネルはかがみこみ、新しい場所をさがした。カルを意識しながらも、処置に集中していられたのは、患者を生かそうと決意していたからだ。

血管に針が刺さるかすかな感触を感じ、ネルはカテーテルを持ったまま、空いている手をテープに伸ばした。ほっそりした長い指が彼女の求めるものを手に押しつけた。ヤスミーンの指ではない。彼女の指は細くないし、少しふっくらしている。感触は冷たく、そっけなかった。ネルは不安に体をふるわせながらもカテーテルをしっかりとテープでとめ、点滴チューブをふたたび取りつけた。

「これで患者を動かせるわ」ネルは言い、かたわらでひざまずいている男性に背を向け、ヘリコプターの開口ドアに集まってきた人々に目を向けた。

「ドクター・ウォレン？」

カルにそう呼ばれるのには慣れていなかったが、なつかしいその声に、ネルの背筋にふるえが走った。

「私は患者といっしょに行きます」ネルは感情をコントロールしようとしながら、そわそわとチューブをいじった。わざとぶっきらぼうに言ったが、その実ひどく緊張して、今カルに面と向かったら、粉々に砕け散ってしまいそうだった。

そのとき、パトリックの顔が頭に浮かんだ。カルに対して、出だしを誤る危険を冒してはならない。

パニックで心臓が早鐘を打つ。何千もの蝶《ちょう》が体内を飛び交っているようで、不安と恐怖と考えたくはない感情に膝と指がふるえる。でも、私は大人の女性よ。助けを必要としている息子がいるの。だからネルは顔を上げ、彼と目を合わせ、唇に無理やり笑みを浮かべて言った。「こんにちは、カル」

しかし、彼が応じる前にストレッチャーの上の男性が痙攣《けいれん》を起こし、ネルの関心は引き戻された。彼女は患者の上にかがみこみ、体を押さえて、気管開口部がまだ開いているかどうかをチェックした。

「ヤスミーン?」持ちあげられたストレッチャーの反対側に来たヤスミーンに、ネルは患者ごしに話しかけた。「英語を話すスタッフは大勢いる? 私がなにか頼んだら、看護師は理解してくれる?」

「英語を話す看護師が見つかるまで、ヤスミーンが君といっしょにいて通訳する。ほとんどのスタッフが二カ国語を話すから、長くはかからないだろう」

どうやら出だしは失敗したようだ。彼の声は凍った炎のようだわ！

カルは歩み去った。煙で汚れた白いローブを着た男性は、かぶりものを脱ぎ、カートにあった手術着をつかみ、砂漠の首長から医者へと戻った。


なぜ十四年もたって、彼女はこの国に現れたのだろう？　偶然か？　いや、違う。だが、彼女がやってきた理由がわからない。僕はまだ結婚していると思っているだろうから、青春を取り戻すための中年の危機であるはずがない。

それに、彼女も結婚している。姓がロバーツではなく、ウォレンだった。ただ、指輪はなかった……。

カルは頭を振りながらかがんで手術室の横の部屋に入り、ローブを脱いだ。砂漠の砂が床にこぼれる。頭を仕事に戻そうとしながら、自由時間を思い出させる最後のようすがを見つめ、ゆったりとした手術着を着た。彼はふたたび医者に戻った――自分の病院の大きな緊急事態と、胃のあたりに奇妙な感覚を抱えた医者に。ネルが病院にいることで気を散らすわけにはいかない。むしろ感謝すべきなのだ。彼が迎えたドクター・ウォレンは熱傷専門医であり、今こそ熱傷専門医を必要とするときだからだ。

ドクター・ウォレン！

彼女は結婚したに違いない……しないはずがないだろう？　僕だって結婚したのだ。

だが、はっきりそう指摘してみたところで、ネルの結婚を喜べない。ネルについて考えるのがばかげているのはわかっている。ましてや彼女の結婚についてなど……。

「今のところ、ERに運ばれてきた被災者は六十二名です」カルが一階でエレベーターを降りると、事故緊急看護主任ララが出迎えた。「当番のドクターたちは被災者の状態をチェックして気道を確保し、輸液の状態を確かめています」

「一度に一人の患者を診て、できることをする。してはならないのはパニックを起こすことだ」カルは彼女に言った。

二人は通路で立ちどまった。そして、カルが移送した負傷者がストレッチャーで運ばれていくのを壁に背をつけて通した。ネルはまだ負傷者に付き添い、喉に挿管したチューブのそばにマスクをあてていた。

チューブを酸素タンクに直接つないでいないのは、肺の損傷を心配しているのだろうか？　あとで彼女にきいてみなくてはならない。病院内に熱傷部門を開設するきっかけとなった三カ月前の油田の爆発事故以来、彼は熱傷患者の処置について研究してきた。インターン時代にはERでときたま熱傷患者を扱ったが、あのころに比べると、状況はかなり変わってきているし、まだわからないことが多い。それに、熱傷部門の部長にふさわしい専門医も見つかっていない。

とどまってくれるようネルを説得できたらいいが。

頭がおかしくなったのか?

一行は廊下の端のドアを通って姿を消したが、カルはまだその方向をじっと見ていた。ドアがすべるように開いて、ネルが顔を上げてヤスミーンに話しているのが見えた。彼女のすっきりした横顔と、長いまっすぐな鼻にカルは気づいた。

長すぎて、きれいじゃないとネル・ロバーツがいつも思っていた鼻……。

カルが何千回もキスした鼻だ……。

2

男性患者がカーテンを引いた小部屋に運びこまれたとき、カルはネルに追いついたが、六十二人の、いや、今や六十三人の急患の光景が彼をとめた。結局、頭の中に渦巻くすべての疑問に自分なりの答えを出し、ネルのあとを追うのをやめた。負傷者たちは壁に沿って横たわったり、椅子に沈みこんだりしている。煤《すす》で黒く汚れ、火ぶくれをつくり、痛みで泣き叫んでいる者もいる。緊急を要するタグをつけられた重傷者たちは、カートに乗せられ、四、五列をなしていた。

「優先順位がついているのか?」カルはうしろから来るララに尋ねた。

「空港にいた誰かが患者の足の指にタグをつけたので、その分類にしたがって治療しているんです」

誰がつけたかは推測できた。カルは遠くの壁に沿って並んでいる急ごしらえのストレッチャーに目をやった。そこに寝かされた患者たちは、緊急性は少ないものの、苦しみ、ショック状態にあるだろう。若い医者がもっと輸液をと叫び、別の医者は負傷者を抱えて必死に治療室に運ぼうとしているが、どこも満室で、職員たちは四方八方に突進している。まるで地獄絵だった。

「カル、あなたのお仕事に口を出したくはないけど、これは系統的にやる必要があるわ」

治療室のカーテンを開けて現れたネルが彼の前で足をとめ、まったく臆《おく》するようすもなく攻撃を開始した。「九の法則を使って、体表面積に占める熱傷の割合を計算しましょう。熱傷面積二十パーセント以上の患者は輸液をして……最初の二十四時間は乳酸リンゲル液をカテーテルで点滴し、輸液量をはかってちょうだい。理想的にはヘモグロビンの数値を求めるべきね。赤血球の量が減ると、腎臓《じんぞう》損傷につながりかねないから。赤血球量が減少したら、すぐに利尿剤を投与して腎臓を守りましょう」

カルの目の前で、ネルはまるでそれがごく自然なことのようにあれこれと指図している。彼女は僕が苦しんでいる感情的な混乱をまったく感じないのだろうか？　それとも、感情的な自分と現実の自分とを分けることに、はるかに長《た》けているのだろうか？

「傷に滅菌包帯を巻くように言って……切除や皮膚移植はあとでやりましょう。受傷後少なくとも二十四時間は待てるわ。それでも無理なら、五日後でも大丈夫。でも、今は傷口から出血や滲出《しんしゅつ》で体液が喪失するのをとめて、できるだけ患者を安定させる必要があるの」

「疼痛《とうつう》軽減は？」カルは尋ねた。心の混乱を突き破って、負傷者の叫びや泣き声やうめき声が聞こえたのだ。もちろんネルが指示するはずだ。彼女の専門分野だからだ。そしてもちろん、僕だって感情的な自分と現実の自分とを分けることぐらいできる。ずっとそうしてきたはずだろう？

「モルヒネがいちばんよ。点滴で。ともかく全員にリンゲル輸液を。それから誰か手を貸して。たぶんあなたね、ヤスミーンから外科医だと聞いたわ。焼痂《しようか》をチェックして……胸部や四肢の全周性熱傷を」

「切開は？」カルはきいた。突然現れたネルに、ただの医者のように話しかけられるのがうれしかった。

カルの体は彼女がただの医者ではないのを知っていたが、医療の緊急事態以外のことに体がなぜ反応するのか、さっぱりわけがわからなかった。

ネルはうなずいた。

「麻酔は不要よ。三度熱傷でしか起こらないし、皮膚内部の神経終末がやけどで損傷しているから、患者は痛みを感じないわ。でも、切開すると皮膚表面を感染にさらすことになるから、局部に抗生物質と清潔な包帯を巻かないと」

「切開は一箇所でじゅうぶんかな？」

薄い色の目がカルをじっと見た。きれいな弧を描く眉の間にしわが寄った。しわ。彼女がしわを寄せている！

「たいていは。でも、切開してみればわかるわ。四肢——腕や脚の焼痂は、切除したら手首や足首の脈をとれる。胸部収縮の場合は、鎖骨と横筋の二箇所減張切開が必要になるかもしれないわ。切開したら、胸が上下するはずよ」ヤスミーンに名前を呼ばれ、ネルは振り向いた。それからカルを追いかけて呼びかけた。「出血のとまらない手足の血管をすぐに縛っちゃだめ。三分から五分出血させて血圧を下げて。でも、手足は心臓より上にして。それから縛るか凝固させて。それと破傷風予防を。意識のある患者は破傷風の状態を話せるはずよ。それに、全員食事は禁止。麻痺《まひ》性の腸閉塞《へいそく》を起こすから」

カルはうなずいた。そのことは知っていたが、基本的な治療のすべてをネルが思い出させてくれるのは正しいのだとわかっていた。熱傷患者が一人来院しただけなら、ネルが緊急救命室《ER》の医者たちの前でコメントした注意点を念頭に、すばやく適切に治療できるかもしれないが、これほど多くの患者を前にしては、全員になにもかもしたいと思う一心で、医者も基本を忘れてしまいがちになる。

ネルが先ほど病院へ空輸した男性のところではなく、遠くの壁際のストレッチャーに乗せた幼い患者の容態を調べに行ったのを知りながら、カルはその場を離れた。ヤスミーンがストレッチャーの上にかがみこみ、ネルに心配げに話しかけている。だが、ネルのしかめっ面を見たカルには、手遅れだとわかった。病院での最初の犠牲者が出たのだ。

「彼を救えたとしても」ネルはヤスミーンに言った。「長くはもたなかったはずよ。見て。

小さい体のほぼ全体にやけどを負っているでしょう？　大人でも全身の六十パーセントの熱傷は命にかかわるわ。まして、こんな小さい子は」

ネルはヤスミーンの肩に腕をまわして、治療すべき患者がいることを思い出させ、自分にもあらためて思い出させた。心の中では、あんなふうにカルに命令をしたりするべきではなかったのではと自問していた。ただ、ERの医者なら熱傷患者の治療手順は心得ているが、ネルは緊急事態を経験しているし、こんなふうに一度に大勢の患者を診るときには、正常な思考が混乱をきたすこともわかっていた。

死んだものとしてほうっておかれていた男性患者に、ネルはカテーテルを入れ、検査室に尿のサンプルを送り、血液中の酸素レベルを調べ、まだ低かったので酸素バルブを調節して量を増やした。そこまでしたら、次に移らなければならないのはわかっていた。一人の男性に時間を費やしている暇はないほど、患者は大勢いる。

「熱傷患者は一酸化炭素中毒に気をつけて」顔色が真っ赤な患者を前にして唖然《あぜん》としているようすの若い医者に向かって、ネルは説明した。「血液は酸素よりも一酸化炭素を運びやすいの。だから患者が有害な煙を吸いこむと同時に、血液は酸素をそっちのけで、悪いガスをなんとかほかの血管にまわそうとするのよ」

「それで患者は意識を失っているんですか？　熱傷よりも一酸化炭素中毒で？」

ネルは患者の熱傷面積を目測した。

「おそらくね。酸素を患者に供給して。でも、意識レベルに気をつけて。ここに高圧酸素室はある?」

若い医者はとまどい顔になった。「潜函病《せんかん》にかかった潜水士に使うような部屋ですか?」

ネルはうなずいた。

「ええ。ここには大勢の観光客がダイビングにやってきますので、病院には必ずありますよ」

「それじゃ、もし一時間たって、まだ意識がもどらなかったら、彼をそこに入れましょう。圧力を使って血液中の一酸化炭素を出して、酸素を取り入れさせなきゃ」

カルテに書き入れていて、目を上げると、カルが加わっていた。

「一酸化炭素中毒の患者はほかにもいる。全スタッフに患者の意識レベルをチェックさせよう」

彼はふたたび姿を消したが、ときおりそばにいるのにネルは気づいた。カルは折りに触れ、彼女に質問をしたり、特定の患者を診るように命じたりした。

ネルは重傷を負った人々の命を救おうと奮闘する医者や看護師たちにまじって動きまわりながら、こういうタイプの治療がいかに通常とは違うかを意識していた。誰も過去の病歴の記録をつけないし、多くの場合、患者の名前や国籍もわからない。ひどい災難にあった人が目の前のストレッチャーに横たわっているだけでじゅうぶんだった。できるだけのことをして彼らの命を救い、それから痛みをやわらげ、感染を防ぐしかなかった。
二、三度、ネルはヤスミーンに小さな休憩室に引っ張っていかれた。そこでは疲れきった職員たちが黙って座り、コーヒーとビスケットの燃料を補給していた。出されたサンドイッチはすぐに食べつくされた。皆、頭は患者のことでいっぱいだったが、食べなければいけないとわかっていたのだ。
カルが通り過ぎたとき、ネルはチェックしなければならないことを思い出した。

「関節の焼痂もよ」彼女はカルに言った。「手首、肘、膝や足首の関節で四肢の皮膚を切除する必要があるかもしれないわ。熱傷の犠牲者にとって、その後の動きやすさは大きな問題だから、早めに熱傷箇所を切開しておくのよ。傷からはかなり出血があるけど、今度は焼灼《しょうしゃく》して」

カルはうなずき、歩み去った。


どのくらいたったか、ERのようすは先ほどよりは少しましになっていた。それでも、包帯や機器を包んでいた包装紙が足首がうまるほど床に散らばっていた。十四名の危篤患者は新設した熱傷部門に移送され、内二名は熱傷集中治療室《ICU》に入れられた。十一名は病院のあちこちの病棟に移され、二十一名の軽傷患者は治療を受け、自宅に送られるかホテルに泊められた。さらに十名は隣国のフットボールチームのメンバーだったので、国家元首の自家用機で自国に戻り、その国の首都にある大病院で手当てを受けることになった。幼い子供を筆頭に、死亡者は六名を数えた。ネルはまだERにいて、死んだと思われていた男性の命を救おうと戦っていた。

「誰かに病棟に運ばせましょう」ヤスミーンが説得した。煤はとったが、疲れで顔が灰色になっている。「向こうに場所を作りますよ。看護師たちも元気だから。あなたの代わりに彼を看護できます」

「安定するまで彼は動かさないわ」ネルはつぶやき、検査室から戻ってきた検査結果にもう一度目を通した。「呼吸器の損傷に関係があるはずなのに、レントゲンでは肺はきれいだし、肌はピンク色ではないから一酸化中毒ではない。チューブもちゃんと入っているから、気管下部の腫《は》れでもない。でも、ごくたまに、声帯が熱をとめることがあるから」

ふと気づくと、ネルはふたたび声に出して考えていたが、ヤスミーンは患者をまかせて休めという忠告を繰り返すだけだった。

「でも――」ネルが反論しかけたとたん、別の声が割りこんだ。

「この患者は病棟に運ぶよ」

ネルが顔を上げると、カルがカーテンを開けた治療室の入口に立っていた。彼の言葉は提案ではなく命令だったが、それでもネルは反論しなくてはならなかった。

「動かすべきじゃないわ」

「動かさなくてはならない」カルがきっぱり言った。「君はできるだけのことをした。それに消耗しきる一歩手前だ。ミスをして、彼を殺しかねない」

そのぶしつけな言葉にショックを受け、ネルは議論を続けようと口を開いたが、彼の断固とした表情を見て口を閉じた。

「ヤスミーン」カルはなめらかに続けた。「誰かにこの患者を病棟に連れていかせて、必ず看護師をつけてくれ。君は家に帰って休みなさい。僕は移送手続きがすみしだい、ドクター・ウォレンを宿舎に案内する」

ネルはまた口を開いた。自分で行けると言おうとしたが、あまりにばかげた抗議だし、声も出なかった。どうせカルに聞こえたはずもない。彼はいなくなっていた。

「さあ、こっちへ」数分後戻ってきたカルは乱暴に言い、ネルの腕をとって導いた。「疲れきっているじゃないか」

抵抗しても無駄だと悟り、重い足取りでカルの横を歩くうちに、足が上がらないほど重たくなってきた。体は明らかに彼の言葉を理解していたのだ。

かたわらでカルがなにかつぶやいているのが、ネルの頭にぼんやりとしみこんできた。口調からして、怒りの言葉らしい。

私をばかだと言っているのかしら？　病院の訓練勤務期間中、最悪のシフトをおとなしく受け入れた私を、彼はよくそう呼んだものだ。あるいは講義をサボった友人にノートを貸したときも。

「笑っているのかい?」

あまりに疑《うたぐ》り深い彼の声に、ネルはさらに大きくほほえんでしまった。

「昔のことはめったに考えないから、きっと疲れているせいだと思うけど、よくあなたにばかだって言われたのを思い出していたの」ネルは向き直り、初めてカルの目をまともに見た。昔の面影との違いをさぐり、疲れ、怒り、無精ひげの伸びたきびしい顔の中に、かつて愛したまじめな若い男性の面影を一心にさがした。「ずいぶん昔よね」ネルはそっと付け加えた。その若い男性がたしかにそこにいたから、そして彼をまだ愛していると心が告げたから、目の中の感情を読まれる前に顔をそむけた。どうやら彼女の今回の旅は必要以上に複雑になってきたようだ。

ネルはどこなのかもわからないまま、カルと連れ立って廊下を歩きつづけた。窓のある渡り廊下を通って別の建物に来たけれど、まだ病院の中のようだ。

「君の荷物はここに来ているのかい?」

質問の意味がわからなかった。

「私の荷物?」

「スーツケースと手荷物だよ！　少なくとも着替えや歯ブラシは持ってきたはずだ」

ネルは足をとめて、ぼんやりとあたりを見まわした。ハンドバッグは肩にかかっている。

助けに走りだしたとき、ななめにかけて、なくさないようにした。ERにいる間はヤスミーンがロッカーに入れておいてくれた。

「サイレンが鳴ったとき、スーツケースを空港に置いてきたの。ヤスミーンは待っているように言ったけれど、手伝うべきだと思ったから」

カルはいらいらしたような音をたてた。

「君には常識というものがない」彼がぶつぶつ言って、ふたたび歩きだしたので、ネルもついていくしかなかった。「足の悪いあひるの世話をして、迷子を引き取る――誰かが必要としているなら、自分の靴さえ差し出すんだ」

「でも、今はたぶん常識があると思うわ」カルの険悪なムードを明るくしようと、ネルは言った。疲れきっているのになぜそんなことを気にしているのか、自分でも不思議だった。

「拾った人はスーツケースが必要だったのよ。ただ欲しかっただけじゃなくて」

カルは小さくうなるような音をたて、ドアの前で立ちどまった。ポケットからキーリングを取り出し、キーの一つを鍵穴《かぎ》に差しこんだ。

「これはマスターキーだからあげられないが、室内のテーブルに鍵がなかったら、午前中に届けさせるよ」

「もう午前中でしょう?」

「明日の朝のことだ」カルはぶっきらぼうに答えた。「こちらの時間では真夜中に近い。

君は一昼夜ぶっとおしで働いていたんだ」カルはドアを開けた。心地よさそうな家具つきのリビングルームで、奥には小さなキッチンがあった。「寝室と浴室はそのドアの向こうだ」右手のドアのほうを手で示した。「浴室には洗面用品があるし、寝室の戸棚にはバスローブが入っている」

「まるで一流ホテルね」カルはいついなくなるのだろうと考えながら、ネルは軽い調子で言った。くたくたで、ベッドに倒れこむ前にシャワーを浴びるエネルギーが残っているかどうかもわからなかった。

「君が到着してから僕たちのためにしてくれた仕事は、一流どころじゃない」その声の荒々しさに、ネルは振り返った。カルの目に宿る苦悩の色に心が痛み、彼のほうに体が傾いた。抱き締めて、その苦しみを癒《いや》してあげたい。

カルはネルの肩をつかみ、体を離した。彼女を見つめたまま、きびしい顔つきをした。重たげなまぶたの陰に苦悩の色が隠れた。

「あいにく君にはもっと手伝ってもらわなければならない。少なくとも熱傷の専門家が来てくれるまでは。だから少し眠りなさい」きびしい口調だった。まるで彼女が必要だという事実に憤慨しているようだ。疲れきっているネルは、この態度にとまどった。

「手伝うのはかまわないわ」彼女は言った。

「眠りなさい」カルは繰り返し、両手を下ろすと、背を向けて歩きだし、ドアを開けて振り返った。「必要なものがあったら、受話器を上げて一番を押せば、アパートメントの受付につながる。今でもいいし、起きるころに食事を持ってこさせることもできるよ。四番なら僕につながる。僕のアパートメントは隣だが、留守でも電話はオフィスに転送されて、僕に連絡は届くことになっている」

カルの背後でドアが閉まったが、ネルはあまりに疲れすぎていて動くことができなかった。長い間ドアを、彼がいたところを見つめ、それから肩をすくめて、浴室ではなく電話に向かった。六時間の時差があるので、オーストラリアは早朝のはずだ。治療の合間に家族に電話をかけて、無事に着いたことと事故に巻きこまれていないことは知らせてあった。今回の電話は、シャワーの前にパトリックのようすを聞くためだ。

パトリック！

ネルは振り返り、ふたたびドアを見つめた。背筋にすっといやな予感が走った。

彼女がここに来たのには、なにかわけがあるはずだ。僕の気に入らないわけが。

病棟に戻りながら、カルは繰り返しそう考えていた。患者たちのようすを最後にもう一度チェックしてから、少し仮眠をとるつもりだった。もう一つ気に入らないのは、自分の頭がこの状況を実況放送していることだ。事故のほうではなく、ネルのことをだ。

ブリスベンの病院がよこす最適な医者が、なぜ彼女でなくてはならなかったのだろう？

二人の関係から僕の国に興味をかきたてられ、好奇心でやってきたのだろうか？　どちらの説明も、おまえは一秒だって信じないくせに！　頭の中の声が言い、胃がむかつく。しかし、今は贈られたものにけちをつける時ではない。ネルはここにいるのだし、今日の彼女の働きを見れば、これ以上の人材は望めなかっただろうから。

ヤスミーンはネルが注文した朝食のすぐあとに、バッグや包みを持ってやってきた。

「チーフの言いつけでブティックに行ってきました」畏敬《いけい》の念をこめた声で、ヤスミーンは言った。「あなたの服を買えと言われました。良質なものをと。病院用のスラックスと、家でくつろぐときのためのゆったりしたワンピースと寝巻きや下着も。違うサイズのものを持ってきました。合わないものは返します」

ネルは頭を振った。ヤスミーンのうしろから、ポーターが両手に包みを抱え、紙袋をさげてついてきたのだ。

「ブティックごと持ってこなかったなんて不思議だこと」ネルはつぶやいた。

「いえ、チーフはそのつもりだったんですよ」ネルは冗談で言ったのに、ヤスミーンは大まじめに応じた。「でも、あなたが困るだろうって私は言ったんです。そうしたらチーフは店に電話をして、早く開けさせたので、客は私一人でした」

「それはおもしろかったに違いないけど、そう、私は困ったでしょうね」心配そうなヤスミーンに向かって、ネルは請け合った。「でも、今は全部を試着できないわ。そんなつもりじゃなかったのに寝すぎたの。熱傷部門に行かなくちゃ」

「六時間くらい寝ましたね。私と同じくらいです。でも事故の前に、あなたはオーストラリアからはるばる飛んできたんですよ」

「医者は睡眠不足に慣れているから、おたがいによかったわね」ネルは言いながら、包みを開けてソファに並べ、よさそうな服をさがした。「必要なのは下着なの。スーツケースが出てくるまで手術着を着ていればいいんだし」

「出てきませんよ」ヤスミーンが下着の入っている袋を手渡した。「それに、私が買った服を着てくださらないと、私がチーフに怒られます」

「それは脅迫？」昨日の緊急事態で、二人の間には絆《きずな》ができていた。ネルはほほえみながら言い、紺色のスラックスとゆったりしたTシャツをつかみ、下着の袋を持って寝室に向かった。

昨日ネルが見た女性スタッフは紺色のスラックスの上にチュニックを着ていた。それは、公衆の面前では家庭着の上に長いローブを着るだろう女性たちにとっての無難な服装規定だと、ネルは気づいていた。同じような服装をして、彼女たちの習慣に対する尊敬を示すべきだ。

「こんなにたくさん買い物をしたのなら、あなたは六時間も眠ったはずがないわ」ネルは髪をしっかりと縛りながらリビングルームに戻ってきて言った。出かける準備はできていた。

「あなたより先に病院を出ましたから」ヤスミーンはほほえんだ。彼女も、国籍や文化を超えた絆を感じているのだとわかった。

二人は急いで病院に戻った。ヤスミーンはネルを新しい熱傷部門に案内した。ネルは最高級の設備をうらやましく思った。

「ここに収容した十五人全員に移植が必要だ。数人からは無傷の皮膚を採皮して、ラボで組織培養を始めている。その間に使える抗生物質の軟膏《なんこう》には二種類ある。受傷部位の治癒を促進する新しい軟膏だが、どの患者にどちらを使うか、君のアドバイスを待っているところだ」

この情報はカルから説明された。ネルのすぐ前に立つ彼のかたわらには、装置を積んだカートがある。

「熱傷部門には、治療室と小さな手術室、入浴施設、家族が泊まれる部屋がある。地元以外の患者の家族を連れてきて精神的支えになってもらえるよう、目下手配中だ」

一目見ただけで、カルが眠っていないのがネルにはわかった。口のまわりのきれいに刈りこんだ短い顎ひげと口ひげをのぞいては、無精ひげを剃《そ》ったのも見て取れた。

昔と変わらないわね。昔、ネルは、ひげがない彼の顔が見たくて、剃るように説得したものだった。

「よくやってくれたわ」ネルはカルに請け合った。彼には睡眠が必要だと提案するのもはばかられたので、代わりに言った。「あなたが許可してくれたら、このあとは私が引き継ぐわ。一人ずつ患者の状態をチェックして、再度、手術の優先順位をつけます」

彼女はカートに目をやった。

「人工皮膚や圧力包帯はあるけど、たりるのかしら?」

「全部取り寄せ中だ。今日の午後か明日にはスペイン人の医者や看護師が来ることになっている」

ネルはうなずいた。今は世界中の緊急医療を助けるために、他国から専門医を招くことがよく行われている。

「患者を全員診たいんだけど」ネルは言った。さっきも同じことを提案したが、カルは同意しなかった。今、彼はうなずいた。

「ヤスミーンと僕が助手を務める。すぐに壊死《えし》組織を除去する場合に備えて、外科医を待機させてある」

「患者の状態によるわ」ネルはあらためて言った。「手術の外傷に耐えられる患者もいれば、待たなければならないケースもある。受傷後三日から五日までは手術が可能だけど、最近の傾向では、できるだけ早くすませようとするわね」

ヤスミーンが先に立ち、三人はベッドからベッドへと診てまわった。患者たちが非常に手際よく看護されていることにネルは感銘を受けた。各患者に一人ずつスタッフがつき、それぞれのベッドわきにはコンピューターで管理された計測データが画面に映し出されている。

「この患者とあと数人の水疱《すいほう》を取り除いた」顔に深刻な二度の熱傷を負った十代の少女のベッドわきで立ちどまり、カルが説明した。「水疱の除去が治癒を促進するかどうかは議論の余地のある問題だということは知っているが、僕の経験では、水疱液の中のプロスタグランジンは熱傷を悪化させるし、顔にある場合は――」

カルは明らかに心配そうに言葉を切った。ネルはその処置に同意し、コンピューター画面をチェックした。

「乾いた包帯がいちばんよ。抗プロスタグランジン効果にアスピリンを使ったのね。私も同じことをしたでしょうね。大切なのは、傷が治ってくるのに合わせて包帯を小さくしていくことよ。移植組織にあてる包帯も同じ。移植した部位を固定する必要があるから、その部分の包帯はもっときつくするけど」

ネルが説明している間、ヤスミーンは現地語で患者に話しかけていた。少女の黒い瞳に涙がわきあがってきたので、ネルは不審そうにカルのほうを向いた。

「彼女の両親と弟は助からなかったんだ」行き場のない怒りのこもった硬い声だった。

「親戚《しんせき》をさがしているが、乗客名簿だけではむずかしい。最近はインターネットで予約する人が多いから、航空会社が電話してみても、自宅の番号ではないことが多いんだよ」

「誰も出ないのね」包帯に包まれた少女の手に触れながら、ネルは静かに言った。

彼女は次に進んだ。もっと重傷の患者がいるとわかっていた。壊死組織を除去し、皮膚を移植する手術は長くて痛い。その処置を始めても大丈夫なくらい安定しているのはどの患者かを決めなくてはならない。

「植皮について話してくれ」両脚の表面、とくに膝の周辺に熱傷を負った女性の患部を診ながら、カルは言った。「この女性は背中と臀部《でんぶ》の皮膚が使える。メッシュ植皮は部位によっては使えないのかな?」

ネルは患者を調べながら、ダーマトームという特殊な器具を思い浮かべていた。それで皮膚をごく薄い層に切り分けて、メッシュ状にする。切りこみを入れて引き伸ばすのだ。

「うまく治らないから、顔にはメッシュは使わないの」女性の腕を調べながら、質問の一部に答えた。「一般的に、顔や首や患者が気にする場所には、分層植皮を使うときれいに治るわ。背中や臀部の皮膚は植皮に向いているけど、この患者は腕からとれるんじゃないかしら。袖《そで》をめくりたいって彼女に説明してくれる?」

カルは女性に話しかけた。相手の手をとり、目をのぞきこみながらネルを紹介し、説明した。

女性は恩恵を施してもらったとでもいうようにカルの手を軽くたたき、診察着の長袖をめくりあげた。

「問題は」やけどのないなめらかな皮膚に指を走らせながら、ネルは言った。「皮膚をとるドナー部位は、回復時に受傷部位よりも痛むし、感染しやすいということよ。だって背中から皮膚をとって、植皮が生着するまで両脚を固定したら、横になれないでしょう?」

カルは頭を振り、ネルに向かって悲しげにほほえんだ。

「専門医の領域だが常識だ。考えるべきだった」

「なにもかもは無理よ。でも、この女性から始めればいいわ。麻酔に耐えられる体力があるから、手術して受傷した組織をすべて除去し、腕からとった組織を膝の上のこの部分に植皮するの。膝は曲げやすさが必要だから、皮下組織ごと植皮したほうがいいわ。ドナー部位からの出血はエピネフリンとトロンビンで抑えて、滅菌ガーゼと赤外線ランプをあてて治療します」

カルはうなずき、もう一度女性に話してからネルに向かってほほえんだ。

ほほえむだけで太陽が顔を出したみたいに感じさせるべきじゃないわ、とネルは思った。とくにここで、今。しかし、彼女がこの反応を追い求める前に、カルがまた質問をしていた。

「それで、熱傷組織をすべて除去して、あの小さな部分にだけ植皮したとして、受傷した残りの部分はどうすればいいかな?」

「同種移植――擬似皮膚か傷の治癒を促進する新薬を試すか、それともこのケースに適しているなら、私のスプレー植皮を試してみるか」

ネルはカルにほほえんだ。

「私抜きで手術室に入れるなんて思っていないでしょうね? あなたがこの最初のオペにどれだけたくさんの外科医を集められたとしても、私もいっしょに入るわ。手術よりも大切なことがそのあとに待っているんだけど」

「手術よりも大切なこととはね!」カルはぼやいた。今度はネルの脳裏に楽しい思い出がよみがえってきた。彼女とカルは昔、よくいっしょに働いた。おたがいに仕事熱心なことが二人を結びつけた。そして、ネルはそれまで感じたこともない魅力を彼に感じたのだった。

それ以後も、感じたことがないわ。カルが患者に話しかけている間、ネルは内心正直に認めた。

看護師が麻酔をとりに行かされ、若い研修医が患者の手術の用意をするように命じられた。ネルは先に進み、熱傷部門の患者たちを診てまわった。

「このために作られた施設だということは知っているけど」ネルはヤスミーンに言った。

「一度にこれほど多くの熱傷患者を扱うことになるなんて思わなかったでしょうね」

ヤスミーンが油田の爆発事故のことを話してくれたので、カルがこの部門を始めたのは大規模緊急事態のためだったのだとネルにもわかった。

ちょうど事故に間に合ったというわけね……。

ネルが〝自分の〟患者だと思っている男性が最後だった。病棟の隅に押しこまれ、可動式の装置で状態をモニターされている。彼がまだ生きているのを見て、ネルはほとんど喝《かっ》采《さい》しそうになった。だが、呼吸がまだ弱いのを見て、喝采を忘れた。

「光ファイバーの気管支鏡検査で彼の気道を調べたいの。それから肺をスキャンしましょう。なんらかの障害で肺の中に空気の袋ができているのかもしれないわ」

「手配します」ヤスミーンが言い、母国語で命令したが、今ではほとんどのスタッフがいくらか英語を話すことがネルにもわかっていた。「手術室でみんながあなたを待っているはずですよ」

ネルは腕時計を見た。飛行機の上でこちらの時間に合わせたはずなのに、時間の感覚がまったくつかめなかった。働いて眠って、昼と夜が何回か過ぎれば、体内時計も自然に合ってくるだろう。

だが、若い看護師に案内されて手術エリアに入り、カルが向かい側で手や腕をごしごし洗っているのを見て、彼の夜と昼――体内時計について考えた。

「あなた、眠っていないのね。オペをできるの？」ネルは問いただした。カルの手術着を掲げている手術室看護師がショックを受けたような声を出した。

「アバウド看護師がショックを受けたじゃないか」カルがたしなめた。「彼女は僕をとても尊敬しているんだ。決してあんな口はきかないよ」

ひどく当惑した表情の看護師に、ネルは笑みを向けた。

「昔、学生だったころの知り合いなの。彼も私も大学院卒の外科医の卵だったのよ」ネルは説明した。ショックを受けたらしい声のようすからして、相手が英語を理解するとわかったからだ。

しかし、看護師の態度は軟化したようには見えなかった。手術の間も、半ダースもの外科医たちが見守っているというのに、まだ疑っているような目でネルを見ていた。私の手術室で侵入者がなにをしているのかとでもいう目つきだった。

「ありがとう」女性患者に対するできるだけの処置をすませたとき、カルは穏やかに言った。「今後のオペを君は正しいほうに導いてくれたよ」

「スペインから来るチームは熱傷外科の専門家よ」ネルは彼に思い出させた。「でも今のところ、一日でこれだけやればじゅうぶん。あなたも少し眠らないと、患者の上に倒れこみかねないわ。病院でこうむった傷で訴えられるかも――」

カルはキャップとマスクをとり、ネルを見おろした。ネルの軽口がとまり、彼の目の中の表情を見て、言葉が干あがった。その目は彼女に焼きつき、あらゆる防御を看破して、魂の奥深くまで見透かすように思えた。

「寝に行くよ。僕の病院で、すべてがうまくいったと満足したらね」カルは静かに言い、すっと立ち去った。

あら、私は出すぎたまねをしているとたしなめられたのかしら?

でも、カルの目の中にあったのは〝よけいなお世話だ〟というメッセージではなかった。あのメッセージは個人的なものだった。

焼けつくほどに個人的だった!

少なくとも彼がいなくなったから、リラックスして仕事ができるわ。ネルは手術着を脱ぎ、病棟に向かった。さっき途中になった診察を続けるつもりで処置室に入り、患者に鼻《び》腔《くう》栄養チューブを挿管しようとすると、そこにカルがいた。

「あなた、寝なきゃだめよ」ネルは言った。怒っていた。仕事に集中するべきときに彼がいると、気が散るから。肉体的に、彼がそばにいると、やけどしそうだから。そして精神的には、なぜ私がここにいるかを頭の片隅で意識してしまうから——熱傷部門とは関係のない理由を。

「僕は外科医で、ここで必要とされている」カルはつっけんどんに言い返した。「さあ、仕事に戻ろう」

「カル、今のところ、ここにいる医師たちにできないことはなにもないわ。重度の熱傷患者で大手術に耐えられる人はいないし、このあとは内科医の仕事よ。患者を安定させ、必要な栄養をチューブで補給しはじめるの。栄養士を呼んで、患者一人一人に合わせた食事を考えてもらいましょう」

「患者の体重と熱傷の程度で計算するのかい？　損傷面積で必要カロリーを割り出す？」

カルはきいた。

「そうよ。それがもっとも重要な要素の一つなの。損傷の程度で、体が、とくにたんぱく質の中のなにを失っているかが決まるから」

「で、チューブでの栄養補給の問題点は？」

私をテストしているの？　こんなこと、彼は知っているはずなのに。答える前にカルをじっと見たが、まともに見たせいで、胸がどきどきしたので、ネルは診察台の上の患者に背を向けた。

「呼吸がもっとも危険ね。ベッドの頭部は三十度上げて、胃部の体内残留量を頻繁に計測する必要があるわ。それから、チューブの位置もチェックするの」

ネルはなんとかほほえんだ。

「師長は頭がおかしくなるだろうけど、ここの患者たちはしばらく一対一で世話をする必要があるわ」

なぜ僕は彼女をテストしたのだろう？　ほほえまないでくれたらよかったのに。一対一の看護など、どうやってスタッフをやりくりすればできるのだろう？

まともにものを考えられない。疲れているに違いないが、ネルが僕の人生に舞い戻ってきて、あれこれ指示するのを許しておくつもりはない。今のうちに少し眠ったほうがいいのはよくわかっている。そして彼女が眠っている間に働くのだ。そうすれば、手術室でしたような経験をしなくてすむ。彼女が隣にいたので気が散って、長々と悪態をつきたかった。

そんなことをしたら、アバウド看護師はほんとうにショックを受けたことだろう。

「看護師を確保するよ」当面の問題に意識を戻して、カルは言った。「小さい私立病院が二つある。主に外国人に利用されているが、どちらもスタッフを貸してくれると申し出てくれた」

ネルはふたたびほほえんだ。だがそれは、スタッフが確保できそうだとわかった喜びの笑みだとカルにもわかった。それから笑みは温かみを増し、彼女はやさしく命じた。「行って、カリール。帰って寝るのよ。明日までには切除や植皮ができる患者が増えるわ。二日か三日に一度、少しずつしかできないから、始まったらずっと続くわよ」

ネルが呼んだように僕の名を呼んだ者はいない。おそらく彼女は中年の危機に差しかかっていて、失った愛を考え直しているのだろう。

失った愛をよみがえらせているのか？

失った愛をふたたび始めようというのか？

鷹《たか》が舞いあがったように興奮がわきたち、空想にふけるのを自分に戒めたとたん、それは石のように急降下した。ネルはたとえもう結婚していないとしても、家族への僕の責任を知っている。僕はこの国の事情を話したはずだ。一生に結婚は一度。一度以上するのが許されることはあるが、結婚は永遠のものだ。

たいていは！


ネルは昼も夜も働いた。ヤスミーンと名前も知らない医師たちが彼女を助けた。患者を生かしておくことが最優先で、手術に耐えられるように安定させるのは二の次だった。いつの時点かでカルが戻り、彼女に病棟を去るように命じたが、翌朝ネルが戻ったときにも、カルはそこにいた。髪は乱れ、ひげも剃っていないのを見て、彼女の代わりをしてくれていたのがわかった。

「眠ってきて」ネルはカルに言った。スタッフたちの態度からして、ほかには誰も彼に命令しようとしないのには気づいていたが、彼女は命令するのが習慣になってきたようだった。「そんな状態じゃ役に立たないわ。それに、手術に耐えられる患者に執刀してくれる外科医はほかにもいるわ。植皮にはすっきりした頭としっかりした手が必要なのよ、カル。

今のあなたにはどちらもないわ」

一瞬、反論するかと思ったが、カルは背を向けて歩み去った。

「以前から知っているの？」この小さなやりとりを驚嘆して見つめていたヤスミーンがきいた。

「彼がオーストラリアで勉強していたときに出会ったの。向こうでは、彼はただの同級生だったのよ。この国の尊大な高官だかなんだかではなくてね」

「尊大な高官なんかじゃありません。彼はシークです」ヤスミーンは抗議し、ネルは軽はずみなことを言わなければよかったと思った。「彼の家族は何代にもわたる統治者なんです。医者になったのは珍しいけれど、彼は優秀な医者で、最高のものをと主張して、今の病院を築いたんですよ」

「たしかに最高のものをそろえているわね」ネルは同意したが、不安をかきたてられていた。カルの一族がこの国で地位があるのは知っていたが、彼がそれを自慢したことはなかった。ただ彼の物腰や、ときには態度から推測していただけだ。

それなのに、統治している一族ですって？

ああ、どうしよう！　事が複雑になるんじゃないかしら？

彼らにパトリックのことを知らせる必要も、知らせたくもないけれど、いつか彼らの骨髄が必要になるかもしれない……。

なんてこと！

「ドクター・ウォレン、来ていただけますか？」

若い看護師が体表面積二十パーセントの熱傷を負っている患者のほうにネルを引っ張っていった。

「見てください！」看護師は患者の腿のあたりの赤くなっている小さな部分を指さした。感染の最初の徴候だ。

看護師に礼を言い、ネルは男性の体がこの侵略者に乗っ取られないうちに戦う仕事に注意を向けた。カルと彼の一族のことは頭から消えた……。

3

午後も遅くなって、ネルがアパートメントの鍵《かぎ》を開けていると、カルが自分の部屋から出てきた。睡眠をとってリフレッシュしたものの、ネルについてはこれまでよりもさらに混乱していた。

「ここに部屋があるの？」ネルは尋ねた。「自宅に戻って、ちゃんと休んだほうがいいんじゃない？」

「ここが自宅なんだ」カルは二度と会うことはないと思っていた女性の目をのぞきこみ、澄んだグレーの虹彩《こうさい》と充血した白目を見た。尋ねるのをもう待てなかった。「なぜここに来たんだい、ネル？」

彼女はためらった。はぐらかされるのだろうか。

「スプレー植皮の戯言《たわごと》はたくさんだ！　ほんとうのことを聞かせてくれ」カルはどなった。

色の薄い目が彼に訴えかけた。

「私も話したいわ、カル」ネルはささやいた。顔色がさらに蒼白《そうはく》になった。「でも、今じやなきゃだめ？」

「今だ！」カルは言った。常識は、病院には彼女の専門技術が必要だと思い出させようとする。だが、彼はそれを無視し、この女性はなにかたくらんでいるとほのめかす頭の中の声に耳を傾けた。

それなのに、ここにいるだけで彼女は僕に反感を持たせる。触れたくなり、抱き締めたくなる。彼女の体を思い出し、キスしたくなる。彼女の唇……。

「コーヒーが必要だわ」ネルは言い、自分の部屋に入ったが、カルの目の前でドアは閉めなかった。

ネルのあとについていくと、バッグや包みがソファに投げ出してあるのが見えた。少なくとも荷ほどきくらいさせてやるべきだ。それに、彼女はいつ食事をとるんだろう？なにがどうなっているのかを僕に話したあとだ。食事はそれからだ！

「コーヒーは？」

ほほえみはなかったが、むしろよかった。

「頼む」

カルもほほえまずに答えたが、目はネルがやかんに水を入れる動作を追っていた。彼女のしなやかさと無駄のない動きは、離れていた年月を経ても変わっていない。インスタントコーヒーをスプーンでマグカップに入れる手に指輪はなかったが、彼女は病棟から帰ってきたばかりだ。ゴム手袋は破れやすいので、ほとんどのスタッフは指輪をはずしている。彼女は単純作業に集中していて、決してカルを見ようとしない。コーヒーの好みをきくために目を上げることさえしなかった。

ネルがカップを押してよこし、テーブルに砂糖を置いた。「ミルクがないみたいだけど、私はブラックだから」

彼女の話すのが聞こえたが、目に宿る苦悩の色を見れば、それが言いたかったのではないとわかった。カルはコーヒーをすすりながら待った。昔のネルは、物事をよく考え、言いたいことを練習していた。それでも最後にはまくしたてることになるのが常だった。まるで練習どおりに順序立てて話していたら忘れてしまうとでもいうように。

彼女の別れの言葉は、その最たるものだった。〝あなたをいつまでも愛するわ。私に言えるのはそれだけ〟

その言葉は涙で締めつけられる喉から飛び出した。だが、カルの手に押しつけた手紙――帰国する旅の途中何度も読み返し、最後には手の中で粉々になってしまった手紙には、練習したスピーチが書かれていた。〝私たちの間はずっと続かないとわかっていた〟とか〝よくわかっている〟とか〝家族に対するあなたの忠誠と献身、約束に対する義務感には敬服する〟という言葉があった。

カルはネルがしばし言葉をさがすのを見つめた。すると、それは突然やってきた。あまりに唐突すぎて把握できなかった。

「私たちには息子がいるの」

耳を聾《ろう》するような沈黙ののち、カルはようやく答えた。「僕たちに息子がいる？」

大声で繰り返したのが自分の声なのはわかったが、その意味はまだのみこめなかった。

「男の子よ。あなたが去ったとき、私は妊娠していたの。あのときは知らなかったの。わかったときには言えなかった。あなたは帰国して結婚することになっていたから――もう結婚していたかもしれなかったし。それがご両親との約束だったでしょう。それをだいなしにすることも、二つの忠誠の間であなたを板ばさみにしたり、そんな知らせであなたの結婚をだめにしたりすることもできなかった。それに、あなたに知らせる必要もないと思ったの――」

カルは流れるように続く言葉を、彼にできる唯一の方法でとめた。ネルの肩をつかみ、小さくゆさぶったのだ。

「そこでやめろ！」彼は命じた。「今すぐだ！」

怒りで声が高くなった。いや、怒りのほうがずっと速く、熱く、危険なほど煮えたぎっていた。

「僕に息子がいるだと？　妊娠していたのに僕に知らせなかっただと？　いったいどんな権利があって、そんな決定をしたんだ？　君は家族というものに対する僕の気持ちを知っていたはずなのに！　血縁についてもだ！　僕の息子だぞ。それを君は僕から隠していたのか？　なぜそんなことができた？　よくもそんなことができたな」

カルの怒りがTシャツを通して伝わってくる。この国に着いたときに見た炎と同じくらい激しい怒りだ。ネルは息子の父親の激怒した顔をじっと見つめた。家族の名誉を守ろうと彼の背後に居並ぶ何千世代ものベドウィンの戦士たちが見えるような気がした。

「カル……」ネルは口を開いた。説明したかった。だいなしにしてしまったのはわかっていた。カルに乱暴に突き放され、彼女は倒れないようにベンチにつかまった。「カル！」ふるえる唇から発せられた彼の名は悲しげな訴えにも聞こえたが、彼は離れ、ドアに向かって歩いていった。それでもドアをぱっと開けて振り返り、彼女をにらみつけた。低い声にはまだ怒りが響いていた。

「それで、どこにいるんだ、僕の息子は？　どこか全寮制の学校にでも入れられているのなら……」

言葉に出さない脅しがあたりに漂ったが、ネルは無視した。この告白のほんとうに重要な部分に進むために、事態を落ち着かせなくてはならない。

「私の両親といるわ。ずっと同居しているの。私が働いている間、いっしょにいてもらえるから」

「それはもちろん、明らかに君の充実感や自己評価やフェミニズム活動関係の用事のために重要だったんだろうな」

もう耐えられない。彼を落ち着かせるのは無理よ。

「あなたの病院で会った医者の少なくとも半分は女性だったわ。だからフェミニズムの問題にするのはやめてちょうだい、カル！　私は息子を養って、いい生活をさせるために働いてきたのよ」

「僕にはそれができなかったというのか？」カルの声は今や絹のようになめらかで、どこか恐ろしげだった。「君のちっぽけな給料でするより、はるかに多くを与えられたはずだ。それに、名前は、僕の息子の名はなんという？　ウォレンか？　君の欲望を満足させるために結婚した男の名をつけたのか？」

「ここから出ていって」わずかに残った自制心に必死にしがみつきながら、ネルは命じた。

「今すぐ！」

彼のあとを追うべきだ。説明しなくては。しかし、仕事と、激しい対決の後遺症で疲れきっていたネルは、ヤスミーンが買ってきてくれた荷物がのったままのソファに沈みこみ、両手に顔をうずめた。

最悪なのは、カルが正しいということだった。家族に対する彼の気持ちをネルは知っていた。あのとき、もし話せば、彼はすぐに戻ってきて結婚しようと言うに決まっていた。

だが、そんなことになったら、カルの家族の気持ちも、家族の中での彼の地位も、どれほどダメージを受けたかしれない。カルは家族と名誉を重んずるのに。結婚を約束した女性とカルが結婚しないのは、女性にとっても、彼の家族にとっても不名誉なことだったはずだ……。

ドアに鍵が差しこまれる音がして、ネルは頭を上げた。彼が戻ってきた。

「君の両親は？　まだ同じところにいるのか？」

ネルはなんとか立ちあがった。

「なぜ？　なにをするつもり？」

「人をやって息子を迎えに行かせる」

パトリックへの危惧《きぐ》を感じて、ネルは部屋を横切り、カルの腕をつかんだ。

「あの子を誘拐する気？」

カルはネルの手を振りほどいた。

「メロドラマにするな。ただ飛行機と、旅の間、彼の世話をする部下を数人やるだけだ。君は家族に電話をして、事の成り行きを知らせればいい」

今耳にしたことが、ネルは信じられなかった。

「そんなこと無理よ。よその国に飛んでいって、子供を一人連れ出すなんてこと、できないわ」

「僕の息子だとしたら、もうただの子供じゃないだろう」

カルのほのめかしにネルは息をのんだが、抗議する暇はなかった。説明することがたくさんあるのだ。

「カル、座って、理性的に話し合わなきゃ。あなたの知らないことがたくさんあるの。説明しなきゃならないことも。そんなに怒っていたら、話せない」

「それじゃ話すな。話をするべきときは十四年前だったんだ、ネル。もう遅すぎるよ」

「カル？」

ネルはもう一度カルの腕に触れた。自分の名が彼女の唇から出るのを聞き、彼女の指を腕に感じて、カルは一瞬弱気になりかけたが、この女性は息子を十三年間も自分に会わせなかったのだと思い出した。

弱気になる代わりに、カルは歩み去った。ネルは質問に答えなかったが、病院には彼女の住所の記録がある。息子はそこにいるだろう。飛行機はすでに待機している。電話を一本かけるだけで、部下が空港に着くまでに離陸の準備ができるはずだ。新しいジェット機はスピードが出る。時差を入れても、午後遅くにはオーストラリアに到着するだろう。スペインの熱傷チームは午前中には病院で働きはじめることになっている。だから、僕も空港に息子を出迎えに行く時間があるはずだ。

ネルを連れていこう。初対面のぎこちなさを取り払うためには彼女が必要だ……。

空港にかけようと電話を取りあげたとき、ドアをノックする音が聞こえた。ネルだとわかっていたので、カルはためらい、受話器を下ろして部屋を横切った。

ネルはあたりを見まわした。彼女が使っているのとよく似た部屋だったが、低いコーヒーテーブルやソファの横のテーブルにも本が積んであった。キッチンカウンターにも積みあげられている。この部屋を人が使っていることを示すものは本だけだった。

彼女はカルを見た。なぜたまにしか使わないだろう場所にこれほどたくさんの本が必要なのかをききたかった。けれど、カルの部屋になにが必要でなにが不要かは、彼女に関係のないことだった。

それに、彼はいつも本を持っていた。いつも読んでいた。医学書だけではなく、あらゆることに関する本を。

パトリックもその特徴を受け継いでいる……。

パトリックのことを考えたせいで、ネルは対決する覚悟ができた。やわらいだ気配はないかと必死でさぐっても、カルの顔は無情なまま、石のように硬く、目には怒りが燃えていた。

ネルは深呼吸し、急いで話しだした。

「パトリックは癌《がん》なの。今は寛解期だけど、状態を常に監視している必要があるのよ」

口にしただけで、ネルの脳裏にこの一年半の悪夢がよみがえってきた。最初の診断、そして治療、治療後すぐに最初の寛解期が訪れた喜び、それから再発して味わった挫折《ざせつ》感。心臓の鼓動が不規則になり、喉に大きな塊ができたのを感じたが、一瞬でも弱みを見せれば、カルはそれを逃さず責めたててくる。

カルはネルがごくりと唾《つば》をのむのを見つめ、それだけ言うのはさぞ大変だったろうと思った。胸が痛んだが、彼は少年を知らないのだ。

「癌だというのに、僕に連絡をとろうとは思わなかったのか?」カルは尋ねた。苦しみが怒りを鈍らせたのか、混乱していた。この状況をさばくために怒りが必要だった。「なんの癌だ?」

「白血病よ。急性リンパ性白血病。今は寛解期だけど、二度目だから、もし失敗したら必要に――」

そして、すべてがはっきりした。

「骨髄移植だ! 十三年間僕から息子を隠し、今になって彼を助けてくれと頼みに来たのか?」ネルを非難してから、カルは顔をしかめた。「だが、両親はドナーになれない。きょうだいが必要だ」彼は目を細めた。「もう一人子供が欲しいのか? 僕の子供が? 君は一カ月の間にもう一人子供をつくらせようと期待して、ここに来たのか? そしてまた僕から奪うつもりなのか? それがこの子にとってフェアだと――」

ネルはカルをとめた。とめてくれてよかった。彼は混乱して、どう感じたらいいかわからなくなっていた。

「違うの、カル。そんなこと、考えてもみなかった。とにかく、きょうだいが適合する可能性は三十から三十五パーセントしかないわ。でも、最近では不適合の骨髄移植の処置もはるかに進歩しているの。両親はたいてい六つのうち三つのＨＬＡ——白血球の標識であるヒト白血球抗原が適合するけど、それではじゅうぶんじゃないわ。まだ専門医たちは両親の骨髄で移植をしたがらない。問題は、ドナーを求める登録はしているけど、あの子の血液中にはオーストラリアでは見つからないＨＬＡ抗原があるということなの。明らかに……」

　奇想天外な説明を続けることはできないとでもいうように、ネルは言葉を切った。しかし、カルは助け船を出すつもりはみじんもなかった。話を聞けば聞くほど、息子を思って、はらわたがよじれるほどつらくなった。急性リンパ腫《しゅ》——Ｔ細胞白血病だ。カルは知っていることをすべて思い出していた。その症状と、治療によって引き起こされる可能性のある最悪の事態を。

「明らかに、それらの抗原は特定の民族グループで頻繁に見つかるの。今回の寛解期が続くかもしれないし、治癒したのかもしれないから、骨髄移植は必要ないかもしれない。でも、リスクを冒すことはできなかったのよ、カル。この国に骨髄ドナーのプログラムがあるかどうか調べなくてはならなかったの。もしも誰か……あなたか、あなたの家族の誰かが……」

カルはネルをじっと見つめた。彼女の疲れきった青白い顔に緊張感を認め、憎みながらも抱いて慰めたかった。

危険な考えだ。彼はすぐにしりぞけた。

「同情を期待しないでくれ」カルはぴしゃりと言った。「一人でなにもかもする必要はなかったんだ。それにミスター・ウォレンはどこだい？　結婚しているのなら、君はなぜいまだに両親と暮らしているんだ？」

カルはネルに歩み寄った。怒りが何倍にもなって戻ってきたからだが、今度は違う種類の怒り——嫉妬《しっと》の怒りだった。思いがけない怒りに、カルは体面や常識を忘れて駆り立てられていた。

「彼も捨てたのか。なぜだ、ネル？　彼はこんなふうにキスしてくれなかったのか？」

カルはネルの肩をつかんで引き寄せた。頭を傾け、激しい所有欲に満ちたキスで彼女の唇をおおった。

ネルをふたたび味わっている！　酒は飲まないが、これほど酔わせる酒があるだろうか？

ネルの唇が、おそらく抗議をしようとして開いたが、カルは彼女を放すのを拒んだ。ネルの体がやわらぎ、もたれかかってくる。唇は反応し、彼の名をつぶやくかすかな息が感じられた。

片方の手を肩から動かし、指で胸のやわらかな丘をたどった。服の上から胸の先に触れ、彼女がはっと息を吸うのを聞いて、カルは満足した。

「彼は君に触れてすすり泣かせてくれなかったのかい、ネル？　そうなのか？」

ネルがふいに離れたので、カルも少し正気を取り戻したが、自分のふるまいに対する後悔と、キスが終わってしまったことを後悔する気持ちがないまぜになった。それも彼女の顔を見て、そこに刻まれた落胆の色と、美しい目の中の悲しみの影を見るまでだった。

「ネル！」

ネルはカルに背を向け、ドアに向かった。彼は追いかけ、追いついたが、触れて引きとめることはできなかった。もう一度抱き締めなくてはならないのを恐れたのだ。

「助けてくれる気になったら知らせてちょうだい」

ネルは肩ごしに言葉を投げつけたが、涙声だった。カルの胸は痛んだ。慰めたかった。だが、どうすればいい？

「ネル？」

今度はネルが振り向いた。涙は頬を伝ってはいない。泣くには彼女は強すぎるのだ。それでも、目にいっぱいためた涙を雄々しくこらえている。カルの胸に恐れと怒りが渦巻いた。

もう一度友達になれたかもしれないのに、そのチャンスを僕は軽率な言葉と粗暴なふるまいでだいなしにしたのだろうか？

友達などではなく、恋人にしたいくせに！

そこまで考え、カルはさらに驚いた。ネルはそこに立って、カルを見つめ、彼の言葉を待っている。

謝罪の言葉を？

あやまらなければならないのは、彼女のほうだ。

「ドナー登録プログラムは始めたばかりだが、拡大できるかどうか調べてみることはできる。もちろん僕も適合検査を受けよう」言っている自分にも熱意が感じられないのはわかった。そんなことが言いたいのではなかった。

いや、言いたいことのすべてではなかった。

ネルはうなずき、踵《きびす》を返すと、自分のアパートメントへ戻っていった。背筋こそしゃんとしているものの、その実、骨が砕け、やわらかな部分がすべてとけているような気がしていた。

怒りと、欲望で。

よくもカルはあんなふうに私にキスしたりできたわね？　それは怒りの声だった。

でも、なぜ私はばかみたいに離れたりしたの？　こちらは欲望の声だ。激しく強い欲望が、十四年もたっているのに簡単に燃えあがり、おかげで私は彼の腕の中で甘い声を出しそうになってしまった。どうして私はこんなに弱いの？　大事なのは私の肉体的欲求を満足させることじゃない。パトリックよ。

「だが、それには条件がある！」

ドアを半分出かかったところで、この補足条項が聞こえ、ネルはくるりと振り返った。カルが近くにいるのも、近すぎるのも知っていたが、彼の顔を見たかった。自分の息子の命を救う行為に、彼が条件をつけたりできるのかどうか、確かめたかった。

カルの目の色は今でも魅力的だった。良質なブランデーのような薄茶色で、ネルが彼の言うことに逆らえるかどうかを試し、どんな条件かと尋ねたらどうだと要求していた。けれど、ネルはもうたくさんだった。カルも、彼がしかけてくる、気持ちをかき乱すゲームも、もうたくさんだ。

「なんでもいいわ！」心は引き裂かれていたが、ネルはそう言って、無頓着《むとんちゃく》そうに肩をすくめた。この男性は、かつて愛したカルではない。その思い出が十四年間彼女の暮らしの中でとても明るく輝いていた男性ではない。それでも、自分の苦悩を目撃させたくはなかった。

「結婚だ！」ネルがまた背を向けたとたん、カルがどなった。「息子を嫡出子にするんだ！」

今度はカルを正視できなかった。その申し出のことは長い間よく空想してきたが、今となっては嫌悪感さえ覚える。

「あなたの第二夫人として？」ネルはぶっきらぼうに言い返した。一言で夢が破られて、腹が立った。「三番目かしら？ それとも四番目の妻？ 理想主義の若いころとは、一夫一婦婚制についての考えが変わったの？」

ネルはしゃべりながらアパートメントの中に引っこんだが、背後に足音が聞こえていたので、カルの手が肩にかかって振り向かされたときも、さっきほど驚かなかった。

「僕の唯一の妻だ」カルもぴしゃりと言い返した。「妻とは離婚した。我々の結婚はうまくいかなかった。僕は彼女を不幸にしただけだった。不幸すぎて、子供を持つこともできなかった。僕は自分を責めた。君たち西洋人が愛と呼ぶ、破壊的で不可解でばかげた概念を責めた。結婚の失敗をそのせいにした。愛を覚えているかい、ネル？」

「ええ、もちろん愛は覚えていますとも！」彼女は逆襲した。「愛は破壊的で不可解でばかげた概念なんかじゃないわ。感情よ、カル。本物の感情なのよ！ 感情を覚えている？」

「感情？」近づきながら、カルは問い返した。危険なほど近くに。「感情を？ それともセックスを？」

ふたたびカルが両手をネルの肩に置いた。今度は引き寄せず、二人の間を詰めた。すると、ほとんど触れんばかりに体が近づいた。おたがいの欲望がネルには感じられた。まるで乾いた空気中で静電気が弧を描くように。

頭が近づいてくる前に、カルがもう一度キスするつもりなのがわかった。肩に置かれた手にとめられているわけではないのに、ネルは動けなかった。

もう一度キスされたら、出ていくのよ。頭はそう叫んでいたが、ネルの体はとうに忘れているはずの感触を求めて燃え、胸は彼の手を求めてうずいた。

彼がふたたびキスをした。

カルはネルを誘惑しようと決めていた。唇をゆるめて誘い、じらし、さっきのキスの激しい欲求を刺激的なたわむれでまぎらわせた。ネルを引き寄せると、彼女の体はやわらいで、もとは一つの体だったかのように彼の体にぴったりと寄り添うのを感じた。

ネルの唇が欲望で腫《は》れ、舌が彼の舌に触れた。初めはおずおずと、それからじらし、誘った。自分の欲望の印が彼女のおなかにあたっているのをカルは意識していた。ネルを求めていることに、彼女も気づくだろうと思った。小さいあえぎ声をあげたネルも、彼を求めているはずだ。

そのときネルに名を呼ばれ、カルの自制心ははじけた。彼は彼女を腕に抱き、寝室へと運び、ベッドに下ろした。それから彼女の靴を脱がせて横にほうり、脚を両手で撫《な》であげ、ファスナーを下ろし、スラックスを脱がせた。

「カル！」

抗議だとしても、あまり熱の入らない声だったので、カルはネルの服を脱がせるという冷静で慎重な作業の手をとめなかった。

「僕たちの風習では、花嫁は何枚も服を着ている。ウエディングドレスに金の胸当て、それから黒いローブですべての服をおおい、ベールで顔を隠す。とても特別な包みを開けるように花嫁の服を脱がすんだ」

カルが口にしたベールのようにネルを包んでいた欲望の霧を、その言葉がつらぬいた。

「私はあなたの花嫁じゃないわ！　それに――」

その言葉をカルは新たなキスで封じた。彼女は息を盗まれ、この信じられない誘惑をとめようとしていたはずだったのに、それを忘れた。

座っているネルのTシャツを脱がせるのは簡単だった。カルはさらなる抗議を封じるためにキスを続けながら、ブラジャーをはずして胸を解き放った。適切な言葉を言うだけで彼をとめられるとネルはわかっていた。ただ、昔のカルならとめられたかもしれないが、この男性は、今や自分が服を脱ぎながら彼女を抱こうと冷静に用意をしているこの男性は、彼女の知らない男性だった。

それじゃ、なぜ彼をとめないの？

私も彼が欲しいからよ。恥ずかしいが、ネルは認めた。彼に抱かれて自分を忘れたかった。パトリックの病気の重圧に耐えたこの一年半を忘れ、たとえ一時にせよ、火災の恐怖や、世話をしなくてはならない患者たちの苦痛と混乱から逃げ出したかった。

裸のカルの体はすらりと引き締まっていた。ベッドの彼女の隣に腰かけ、向き直った。謎《なぞ》めいた目をして、唇を真一文字に結んでいる。

「準備はいいかい?」

そんなおかしな問いかけに、ネルは答えられなかった。顔をしかめて見あげると、カルがおなかに手をあててきたので、彼女は心臓が飛び出しそうになった。彼の手が下りてきて、脚の間をさぐる。そうしながらかがみこんで、舌で彼女の胸に触れた。

彼の指が探検し、唇がつつく。ネルはなにも考えられない場所へと運び去られた。全身が末梢《まっしょう》神経のふるえる塊と化し、ずっと昔にプログラムされていたかのようにカルの体に反応する。容赦ないテクニックで、息がとまるほど破壊的なクライマックスへと引き寄せられ、爪先がじんじんし、頭が官能でざわつく。そのとき、彼が身を沈めてきた。歓喜の波がもう一度砕け、押し寄せた。ネルはカルにしがみついて、肩のなめらかな肌に向かって彼の名をささやきながら、彼の緊張が高まり、ついには解き放たれるのを感じた。

カルの体から力が抜けた。ネルは彼を抱き、体重を感じたかった。永遠にこのままでいたかった。ところがカルは横にころがって離れ、またベッドに腰かけて、ネルに背を向けた。

「もちろん書類にサインをして正式なものにするが、僕らは結婚したんだ。いいね」

質問ではなく宣言だった。あまりに冷たく言われたので、ネルはぞくっと身ぶるいした。それから心を落ち着かせて体を起こした。

「結婚したですって！　ばかを言わないで、カル。私たちはセックスをした。それだけよ。二人の人間がおたがいに飢えていた。満足と発散を求めただけ。結婚ですって？　それこそ、ばかげた概念だわ」

カルが振り返った。けわしい顔つきだ。ふるえるようなクライマックスを分かち合ったのに、セックスのあとのやさしさなどみじんも感じられない。

「セックスのためでなかったら、なぜそのウォレンと結婚したんだ？　愛していたのか？　彼が去ったのか？　まだ結婚しているわけじゃないんだろう？　夫がいるのに浮気するほど、君が変わったわけはない。あのちょっとしたパフォーマンスの間も、いつだって僕をとめられたんだから」

あのちょっとしたパフォーマンス？　どれほど簡単に私を支配できるかを見せるためのパフォーマンスだったというの？　私の気持ちをどれほどやすやすと操作できるかを見せたかったの？

いいわ、ゲームをするつもりなら付き合ってあげる！　私も彼と同じくらい冷静で超然としていよう。心は満足し、情熱に燃えていても、また抱かれるのを期待して全身がうずいていても、かまわない。

「ガース・ウォレンはいい人だったわ。友人で長年親しくしていたの。パトリックにも生活に男性の影響があるのはいいことだと思ったのよ」

「父親という言葉を使わないでくれて、うれしいよ！」カルは怒った声で言った。「で、そのお手本はどうなったんだ？」

「ガースのこと？　半年もたたないうちに別れたわ。そもそも彼と結婚したのはフェアじゃなかった。彼を愛していなかったから。暮らしているうちに、愛せないのがわかった。彼はやさしい女性と再婚したわ。私は彼の双子の名付け親よ」

「君たち西洋人はずいぶんと洗練されているね！」そんなあざけりをこめた逆襲は、カルらしくなかった。「愛があってもなくても、君が僕の妻だったとしたら、出ていかせる前に地下室に鎖で縛りつけておいただろうよ」

「でも、あなたは私が去るのを引きとめなかったわ」ネルはやんわりと思い出させた。

「君は僕の妻じゃなかった。ただし、息子のことを話してくれていたら、そうなっていただろう」

カルは突然話をやめ、ネルのほうを向いた。とまどったような顔をしている。

「僕の息子。名前はパトリックというのか？」

ネルはうなずいた。それもまたカルを怒らせるのかと思ったが、彼の口から出たのはこの一言だった。

「なぜ？」

「家庭教師のことを話してくれたでしょう。彼の影響で医学を勉強する気になったと」ネルは肩をすくめた。「あなたにとって、とても大切な人だと思えて……」

カルは立ちあがり、部屋から出ていった。年齢こそ四十歳だったが、心の中は未熟な若者のように激しく動揺していた。この女性のおかげで、彼の人生は完全な混乱状態の中にほうりこまれた。

ネルは僕の息子をパトリックと呼んだ！　僕に大きな影響を与えた男性にちなんで名付けたのだ。本が好きなことも、刺激されて医学を学ぶ気になったことも、ビジネス以外のことを学んで家族の伝統を破った強さも、そしてそれを可能にしようと父と駆け引きをする自信も、彼の影響だ。

僕の息子はパトリックという名なのだ。

カルはアパートメントを出た。体に染みこんだ礼儀作法や品行には常に忠実だったのに、ネルに対してはひどいふるまいをしたと自分でもわかっていた。セックスがすばらしかったとしても、かまうものか。

カルは自分の部屋に入りながら、うめき声をあげた。そして赤い点滅ランプを見て、気をそらせるのを喜びながら、メッセージを聞こうと受話器を取りあげた。

明日の朝にはスペインの医療チームが到着する。集中治療室《ICU》の熱傷患者が一人亡くなった。ほかの病棟にいた比較的軽傷の患者二名がそれぞれの本国に送還され、ララが付き添いの看護スタッフの手配をした。時間があるときに電話をくれと母が言い、ミセス・ロバーツがオーストラリアから電話してきた。

ミセス・ロバーツ？　ネルの母親が？

パトリックだ！　息子になにかあったが、ミセス・ロバーツはネルに直接知らせたくないのだ。

カルはメッセージに残された電話番号をダイヤルした。時差のことはまったく考えなかったが、陽気な声が応答したときになって、オーストラリアでは朝なのに気づいた。

「まあ、カル、ご迷惑をおかけしてごめんなさい。ネルにかけていたんだけど、病院の受付の人にわかってもらえなくて。だから、あなたに頼もうと思ったの。電話するように伝えてくださる？」

「パトリックですか？　また悪いんですか？　僕たちも行ったほうが？」

息をのむ音が聞こえ、それからミセス・ロバーツが答えた。「あら、もう話したのね。よかったわ。それにごめんなさいね、カル。こんなことになって。あなたと、ネルと、パトリックのこと……でも、いいえ、あの子は元気よ。二日間お友達のところに泊まっているの。いっしょに化学の試験勉強をしているわ。でもドンは、主人は長いこと腎臓《じんぞう》移植の順番を待っていたんだけど、ゆうべ、移植ができるという連絡があったの。手術が終わりしだい電話するってネルに言いたくて。それにパトリックの面倒を見てくれる人を頼んだの。私はできるだけ病院にいたいから。妹のメアリーが今日の午後来る予定なの」

おそらく距離のせいなのだろう、ミセス・ロバーツの声はとても落ち着いて聞こえた。大手術を控えた夫と、白血病の寛解期の孫息子がいる女性とはとても思えない。

「ミスター・ロバーツは重病だったんですか？　ネルがいなくて大丈夫ですか？　彼女の支えが必要なのでは？」

「私は大丈夫。でも、ネルが母親の手を握るために患者をほうり出すと思っているのなら、あなたはまだ彼女のことをよくわかっていないわね。ネルは父親には最高のドクターたちがついているのを知っているし、彼が透析から逃れるために、どれほど移植を望んでいたかも知っているわ。だから、心配しながらも喜ぶはずよ。ただし、パトリックについては心配させたくないの」

「ネルの面倒は僕が見ます。パトリックのこともです」自分がそう言うのをカルは聞いた。「彼女からまだ聞いていないでしょうが、彼をこちらに連れてくるつもりです。ネルがこの国で働いている間に、彼と知り合いになるのもいいかと思いまして」

軽い気持ちで考えただけのはずが、気がつくと、理性や理論を超えたなにかに突き動かされていた。

「まあ、カル、それはすばらしいわ。実は心配だったの。病院から退院したドンを見て、あの子がどんな反応をするか。おじいさんはいつも大きくてびくともしないと思っていたから。もちろん手術のことも、回復には時間がかかることも頭では理解しても、実際に弱っている姿を見たら……それがパトリックにおよぼす影響が心配で」

ミセス・ロバーツはためらった。カルはふたたび怒りが全身を駆けめぐるのを感じた。パトリックに尊敬されるのは僕だったはずなのだ。それでも落ち着いた自制のきいた声を出すべきなのはわかっていた。

「それでは、彼がこちらにいるほうが、すべてにおいていいんですね」平静を保てたのを喜んでいたとき、ミセス・ロバーツが新たな疑問を投げかけた。

「でも、あの子の検査はどうなるの？　パトリックの血液検査や定期健診は？　薬は？」

「ミセス・ロバーツ、僕は医者ですよ。僕は病院内に住んでいますし、ここには世界最高の病理学者や腫瘍《しゆよう》学者がいます。パトリックはちゃんと治療しますので安心してください。さて、それでは本題に入りましょう。ミスター・ロバーツの入院はいつですか？　病院名は？」

「あと十分ほどでオールセインツ私立病院に向かうわ。ネルは電話番号を知っているけど、何度もかけてこないように言ってちょうだい。変わったことがあったら、すぐに連絡するからって」

カルは再度ネルの面倒を見ると請け合い、自宅と携帯電話の番号を教えた。

「もし僕が電話に出られない場合は留守番電話に切り替わりますから、いつでも連絡してください。昼でも夜でもかまいません。番号を残してくだされば、折り返しかけます」

ミセス・ロバーツと別れの挨拶《あいさつ》をして、カルは電話を切り、窓の外の華やかな都会を見つめた。その向こうに広がる闇《やみ》は砂漠だ。

やった！　息子に会えるのだ。

あまり立派な方法とは言えないが！

とにかく、立派であろうとなかろうと、これが最善なのだ。ただ、むろんネルは同意しないだろう。

ネル。こちらで人々を助け、僕の病院で働いている。一方、母国では彼女の父親が大手術を受けようとしている。カルは初めて動揺した。このところの自分の態度を思い出し、良心の呵責《かしゃく》を覚えた。彼女のことが心配にさえなる。このニュースがもたらす苦しみと懸念を取り除いてやりたかった。

もう眠っているだろうか？

もし眠っているなら、そのまま眠らせてやるべきだろうか？　朝になってから話そうか？　そのころまでには、父親の手術も成功裏に終わっているかもしれない。

そのほうが、心配と不安に満ちて一晩中眠らずに横たわって、母親の電話を待つよりいいいのでは?

それに、彼女の母親はネルではなく、まず僕に連絡してくる。なぜか僕はミセス・ロバーツにネルの直通番号を教えなかった。悪い知らせだったら、ネルに隠せるからだろうか。電話で聞くより、僕の口から話したかったからだろうか。

僕にも少しはやさしさが残っているのかもしれない。そんな貴重なやさしさをネルにはほとんど見せなかったが。

ネルに話そうか話すまいかとまだ自問しつつ、鍵の束を指からぶらぶら下げながら、カルはアパートメントを出た。ネルの部屋のドアをそっとノックしたとき、奇妙な考えが頭に浮かんだ。

もし彼女が起きていて、僕が話したことで動揺したら、長い不安な時間をともにいて慰めるしかない。いっしょに横たわり、彼女を抱いて……。

カルはそれ以上心の声が示唆することを聞くのを拒み、そっと鍵を開けた。ネルの部屋に侵入しているのはわかっていたが、彼女に会いたくてたまらなかった。

裸の体にシーツをかけ、ネルは静かに眠っていた。肩までの長さの黒髪が枕《まくら》に広がり、黒々としたまつげが蒼白な頬に影を落としている。さっき起こったことを思い出し、カルはふたたび罪の意識を感じた。

起こさずにそばで寝よう。携帯電話が鳴らないようにバイブモードにしておけば、知らせが来たとき、彼女にすぐ言える。

そう決めたからには、すぐに行動に移すべきだった。頭ではわかっていた。ところが、眠っている女性の姿にとりこにされ、カルは立ち尽くし、彼女が息をするのを見つめた。彼女について知らないことを思い、二人が無駄にした年月を思った。

後悔に似たものを感じて驚き、カルは自分の心の中をさぐった。

いや、怒りは消えていない。当然だろう？　妊娠したと言わなかったネルが悪いのだ。しかし今、家族がやっかいごとを抱えているのに、彼女は家を遠く離れている。カルはリビングルームへと退却した。ソファの上のショッピングバッグをすべて下ろし、サイズが合うかどうか試してから、クッションの一つを枕にして、床に寝た。砂漠で砂の上に直接寝るほうがよく眠れる。床に寝るのは苦にならなかった。


いびきではなく、深い呼吸音より少し大きい程度だったが、寝返りを打ったとき、ネルはそれを耳にした。

ベッドから抜け出して見に行こうとしたとき、自分が裸なのに気づいた。ヤスミーンが置いていってくれた服を調べるべきだった。でも、服はリビングルームにあり、そこから音は聞こえてくる。

彼女はシーツを一枚はいで体に巻きつけ、忍び足で寝室を出た。月光がリビングルームを照らしていたが、目を凝らしても、音の説明がつくようなものは見えない。

ただの水道管の音なのかもしれない……。

いや、これはぜったいに寝息だ。

ネルは忍び足でソファに近づいた。すごく小さな人が寝ているのではないかと思った。

そのとき、床の上に人の姿が見えた。

カル？　なぜ戻ってきたの？　それに床に寝たりして、なにをしているの？

どちらの疑問にも論理的な説明を思いつかなかったが、彼がここにいるのがうれしかった。きびしいことを言い、粗暴なふるまいもしたが、オーストラリアで初めて出会った傲《ごう》慢《まん》な男性の中にひそんでいたやさしい人が完全に消えてしまったとは信じられなかった。

ネルはカルを見つめ、彼のとても変わった一面に心を奪われた。結婚を大声で宣言したのは傲慢な男性だった。

ところが、やさしい男性はまだ彼の中にいるのだ。病棟でネルはそれを見た。傲慢な男性が支配するのは、個人的な関係においてだけなのかもしれない。

ネルはそっとベッドに戻った。疲れすぎていて、カルが彼女の部屋の床でなにをしているのか考えられない。昔とどのくらい変わったのか、変わらないのかを確かめることも。

十四年もたったのよ。誰だって、時がたてば変わるわよね？

でも、カルは違う！　ネルは心では変わっていないことを祈りながらも、体はセックスの思い出で燃えていた。だから、認めざるをえなかった。彼は変わった。昔のカルはワイルドで刺激的な恋人だった。たしかに自分本位だったけれど、いつも……恋人らしかった。やさしい言葉をささやき、熱烈に愛し、愛を交わしたあともやさしかった。今夜のカルは情け容赦なく、耐えられないほどの歓喜をもたらしながら、よそよそしく、超然として、冷静だった。彼が体を引いたとき、ネルはその冷たさに全身を撫でられる気がした。

それなら、なぜ彼は私の部屋の床に寝ているの？　罪の意識？　カルが？　まさか！

ネルはベッドに戻った。カルの寝息に不思議に慰められ、たちまちぐっすり眠り、夢も見なかった。

慰めにならなかったのは、翌朝彼がもたらした知らせだった。ネルはリビングルームにある包みの中から新しい服をさがそうと、シーツを巻きつけて寝室を出た。カルはキッチンにいた。彼の背後の窓から街が見えた。近づいていくと、公園が見えた。

なぜ公園について考えているの？　私の部屋にいるカルのことを考えずにすむから？

それとも、彼の存在に対する自分の反応を考えずにすむから？

「ネル」近寄りながら呼びかけてきたカルの声がやさしく、彼女の胸はときめいた。「ゆうべ、お母さんから電話があった」

「パトリックが？」ネルが小声で言ったとき、カルは手が届く近さにいた。ネルを引き寄せ、抱き締めながら、彼は説明した。

「君のお父さんだ。大丈夫。彼は元気だよ。腎臓のドナーが見つかったので、すぐ手術を受けるそうだ。終わりしだい、お母さんがまた電話をくれると言っていたから、起こさなかった。さっき話したところだが、手術は成功して、お父さんも目が覚めたらしい」

ネルは体を離し、カルの顔を見あげた。「だから、床で寝ていたの?」

カルはうなずいた。ネルのそばにいる必要があったとは説明できなかった。

「ありがとう」ネルは堅苦しく言い、カルが二人の関係をよくするどころか、悪化させたのを知らせた。「これから家か病院に電話してみるわ。パトリックにも電話しなきゃ。心配しているでしょうから」

「彼は友達の家に泊まっている。お母さんが手術の成功を電話で知らせるまで、なにも知らなかったんだ。メアリーという人が家に泊まってくれるから、お母さんは病院に付き添っていられるそうだよ」

僕が行くまで。カルはそう付け加えるべきだったが、ネルが反対するだろうことはわかっていた。パトリックを父親に会わせたければ、彼女がこの旅に連れてきたはずだ。

書きとめた病院名を渡して、カルは待ったが、ネルは背を向けて電話に向かった。番号を押す指がふるえているのが見えたが、慰めの言葉は見つからなかった。

おまえが昨夜のふるまいでこの関係の限界を定めたんだ。頭の中に声が響く。カルは声に出さず悪態をつき、部屋を出た。

4

実家では万事うまくいっているのがわかって、ネルは安心した。外科医たちも父親の経過に喜んでいるという知らせに勇気づけられて、朝食を注文し、配達されるのを待つ間、シャワーを浴びて仕事着に着替えた。

父親の回復が気にかかり、ほかのことは考えられないのが、かえってありがたかった。それでも、しばらくして熱傷部門に行き、最初にカルが目に入ったときには、全身に情熱がよみがえり、愛であるはずもない感情に胸が躍った。昨夜、彼はあんなふるまいをしたのよ。愛情なんて感じるはずがないわ。

自分だって反応したくせに！

無言の非難でそれを思い出し、ネルは赤くなった。

「どこから始めるの？」彼女はヤスミーンに尋ねた。仕事に集中したかった。昔、カルが去ったときも、仕事をして感情を締め出したものだった。今も、年を重ねて強くなったけれど、同じようにすればいい。

「手術を必要としている患者から始めることにしましょうか?」ヤスミーンが提案し、ネルはあとについて患者のベッドに向かった。燃えている飛行機に最初に飛びこみ、乗客を助けようとして重度のやけどを負った男性だ。

受傷していない皮膚がじゅうぶんあるので、組織培養にも移植にも使えそうだ。

「いちばんひどい熱傷は腕にある」患者のベッドの横にいたカルがわきにどいて、その部分を示した。「受傷した組織を筋膜まで切開して下にある脂肪を切除すれば、移植片にじゅうぶん血液がまわり、生着する見込みがある。ただし、脂肪層は二度と復元しないから、腕は棒のように細く、醜くなる」

ネルはカルを見た。

「彼がそんなことを気にすると思うの?」

「ハンサムな若者だもの。気にするかもしれないわ」ためらいがちなヤスミーンの口調を聞いて、カルの前なので恥ずかしがっているような印象をネルは受けた。

「ヤスミーンの言うとおりだ」カルは言い、ヤスミーンの気おくれを感じたかのようにやさしくほほえんだ。「僕たちは誇り高い民族だ。たぶん外見を気にしすぎるんだろう。もっと薄く採皮して、脂肪層の表面に移植するのはリスクが大きすぎるだろうか?」

ネルはしばらくそれについて考え、ベッドに横たわる患者に視線を戻した。たしかにハンサムな若者だった。

「わかりました。その場合は出血量が増えるから、彼に耐えられるだけの体力があるかどうか見極めましょう。手術室に多めに輸血液を用意しておく必要もあるわ。植皮が生着しない場合は再手術しなくてはならないし、そのたびに傷跡は大きくなるけれど、長い目で見ればそれがベストだとあなた方が思うのなら、喜んでその方法でやるわ」

カルはうなずき、もう一度ヤスミーンを見た。

「彼にきいてみます」ヤスミーンはそう言って、ベッドの上の若い男性にはきはきした口調で話しかけた。パトリックには幼いころからアラビア語の家庭教師をつけているが、ネル自身はほとんど言葉がわからなかった。

「傷跡は最小限に」ヤスミーンが確認した。「私は彼を手術室に入れるための書類を作ります。次は六番ベッドの患者のところに行ってください」

「働いていて大丈夫なのかい？」次の患者のベッドへネルを案内しながら、カルが尋ねた。

「くよくよ考えているより働いているほうがいいわ」ネルは請け合った。「少なくともここにいれば、患者のことだけで頭がいっぱいになるし、父について心配している時間はないから」

「頭がいっぱいかい、ネル？」カルがつぶやいたので、ネルの全身にふるえが走った。

「そうよ！」彼女は嘘《うそ》をつき、カルをにらんだ。「私には治療しなければならない患者たちがいて、手術を終えたばかりの父親がいるのに、あなたのことを考えていると思うなんて、うぬぼれがすぎるんじゃない？」

カルはほほえんだ。嘘をついているのを知っているぞと言わんばかりの笑みだった。彼の唇が動いて、白い歯が見えただけで、ネルのふるえは激しくなった。

「なにかあったら、お母さんから知らせがあるし、君が帰国しなくてはならない場合に備えて、我が家のジェット機の一機が待機している」

ネルは振り返った。言われたことがよくわからなかった。一家でいったい何機所有しているの？

「ジェット機が待機している？」

カルがネルに向かって眉をひそめた。

「君は僕の国の客だし、僕たちのために期待以上の働きをしてくれている。もちろん、必要なら、できるだけ早く帰国できるようにしよう。ゆうべ君のお母さんが電話してきたときに、乗務員を待機させる手配をした」

お礼を言うべきね。ネルは思った。それなのに、なぜか言葉が出てこなかった。カルのそばにいるだけでじゅうぶん混乱するし、性的欲求に抵抗するので、さらに弱気になっている。でも、やさしくされたら？　だめよ。やさしさなんて耐えられない。

ネルは当面の問題に無理やり頭を戻した。まず、どの患者が手術に耐える体力があるかを見極め、ほかの患者たちの治療方法を考えるのよ。

二人は四名を手術することに決め、カルは立ち去った。彼が執刀するのだ。ネルは看護師や若いスタッフに、特別な風呂の中で受傷した皮膚をそっとはぐやり方を実演してみせた。それからヤスミーンの通訳で、隔離看護や清潔な手術着と手袋、念入りな手洗いなど、すでに与えられている情報をもう一度繰り返した。新たに現れる傷に感染が広がるのを防ぐために、スタッフも万全の注意をはらわなくてはならないからだ。ネルはさらにその傷をふさぐために使われるスプレーオン植皮法を実演した。

最後の患者は死んだものとして放置されていた男性だったが、がっかりしたことに、少しもよくなっていなかった。専門医が検査する間もネルはその場にいたので、肺が損傷していないのはわかったが、熱傷は中程度で全身の十二パーセントなのだから、回復してもいいはずだった。

家族がいないから回復しないのだろうか。いまだに男性の身元は不明で、国籍さえわからなかった。ネルは今でも診察しながら男性に話しかけていた。黒焦げになった皮膚の下に、ほんの少しでも感染の兆候はないかどうかをさがし、計測数値や検査結果を何度も見直して、症状の悪化の原因となる問題がなにかないかとさぐった。

結局、新しい発見はなく、男性を看護師とともに残して、ネルは医局に戻った。すでに栄養士との会議に遅れていた。各患者に点滴で栄養を入れる件について話し合うことになっている。誰かが彼女のために見つけてくれた秘書が、コンピューター上の医学情報をアラビア語から英語に翻訳してくれている。栄養士とともに、計測数値や体重、尿量、血液検査の結果などを合わせて、各患者に必要な栄養量を計算した。

二名の患者は口から食事をとれるだろうということになった。二名とも家族の支えがある。家族の励ましがあれば、体のバランスを取り戻すために必要な高カロリー食を摂取することも可能なはずだった。

「コーヒーも紅茶もだめですよ」栄養士が注意した。「飲んでいいのは高たんぱくのサプリメントだけ。看護師と厨房《ちゅうぼう》用に注意書きを書いておきますね」

「家族にも話しておいたほうがいいんじゃないかしら」ネルは勧めた。「患者が喜ぶ食べ物を持ちこむ可能性があるから。患者が口にするものはすべて〝カロリーレコード〟に記録することを教えるのよ」

ネルが両手の指を二本ずつ使って大事な言葉を引用符で囲むしぐさをすると、栄養士がほほえんだ。

「私たちも同じことをするんですよ」栄養士がそう言ったので、ネルは笑った。いっしょに働くようになった女性との間に少なからぬ共通点を見つけるのは、いつもうれしい驚きだった。

栄養士のあとからオフィスに入ってきた理学療法士や作業療法士との間にも、ネルは同じ絆《きずな》を感じていた。二人とも、通常の入院患者たちとは異なる治療が必要だということには気づいていたが、実際に熱傷患者を扱った経験はなかった。

「私たち医者は患者の知覚の変化を観察することが大事なの。顔の腫《は》れは視界をゆがめる可能性があるし、傷のせいで眼鏡や補聴器がつけられないこともあるわ。でも、看護師やあなた方療法士が気づいた点を医者は見過ごすかもしれない。だから特に注意してください」

若い男性の理学療法士は気をつけるとネルに請け合い、ひどく痛がっている患者に運動を勧めていいものかと尋ねた。

「たしかに痛いときに体のどこかを動かすのはいやかもしれないわね」ネルは同意しながら、カルがオフィスに入ってきたのを意識した。「でも傷は引きつれを起こすから、運動は必要なのよ。熱傷患者の問題は、普通の手術を受けた患者よりも怒りっぽくて興奮しやすいことね。だから、たとえやさしい動きでも、説得してやらせるのはむずかしいの。ときには家族が患者を励ましてくれることもあるけれど、逆に息子やきょうだいにかまうなと家族が言いだすこともあって、二つの前線で戦うことになるわ」

「専門外の仕事まで教える必要はないのに。情報は全部教科書やインターネットに書いてある」カルはたしなめた。「君は医師としてできる以上のことをしている」

秘書はネルのために昼食をとりに行き、療法士は自分たちの仕事に戻ったので、ネルとカルはオフィスに二人きりだった。彼女はデスクの向かい側に座ったカルを見つめ、彼の機嫌を読もうとした。

　無駄だわ！　彼の顔にはなんの感情も浮かんでいない。かつてはネルを見つめるたびにやわらいだその目は、断固として彼女の肩の向こうのどこかを見つめていた。

「たしかに情報は手に入るでしょうけど、熱傷患者を扱った経験がなければ、ためらいがちになるわ。患者たちは頼りになる人を必要としているの。やさしいけれど、しっかり扱ってあげなくちゃ。患者は恐ろしい精神的ショックと、自分たちの体に対する侮辱を経験しているの。入院初期を乗り切ることができるように、あらゆる助けが必要なのよ」

　ネルは言葉を切り、熱傷分野での初期の経験を思い返した。

「実際、あとになったら、精神的サポートはもっと必要になるわ。長期間にわたる治療が必要だとわかったときにね。残念ながら、熱傷の治癒には一時しのぎの解決策はないの。そういえば、オペは？」

　それでいいのよ。頭の中の声がネルをほめた。カルに立ち向かい、プロ対プロとして彼に話している。心の中でもまったくふるえていないわ。

「うまくいったよ」カルは答えた。彼が口に出さずに小さな祈りを付け加えたのがネルにはわかった。しかし、彼のほうがプロどうしのふりはずっとうまかった。顔にも声にも態度にも、昨夜結婚すると宣言したことや、愛の行為でネルを息も絶え絶えにしたことなど、みじんも感じられなかった。

愛の行為?

あいにく、その言葉を自問している間に、カルがまた話しだしたので、ネルは最初の部分を聞き逃した。スペインの医療チームの件らしい。

「チームは外科医二人と二組の手術室看護師チームで編成されている。当然、僕よりもこの分野の専門技術は上だ。だから、学びたいのはやまやまだが、僕は通常の勤務と外科の患者の担当に戻らなくてはならない。今までほど、ここには来なくなるよ」

それで? どういうことなの? ネルは完全に混乱していた。プロどうしの話はうまくいったが、解決されていない個人的な問題はどうなるの?

やさしくしてくれたの? 父の健康について心配しているから、これ以上動揺させないようにしてくれているの?

それとも、この結婚という考えを押し通して、毎晩私のアパートメントに来るつもりなのかしら。昼の間は冷静なプロに徹し、夜になると、激しいけれど感情のない愛人になるつもり?

ネルはぞくっと身ぶるいした。

「大丈夫か? 朝食は食べたのかい? 昼食は?」

またムードが変わったわ。ところが、ネルが答える前に、秘書がネルの昼食をトレイにのせて戻ってきた。その若い女性はカルに軽くお辞儀をしてトレイを置き、あわてて去っていった。

スタッフの多くが追従するような態度を示すことについてネルが批判しようとしたとき、カルがため息をついた。

「僕が病院で働きはじめてから、ずっとこうなんだ」純粋な後悔がにじむ重い声だった。「僕もみんなと同じ医者だと言おうとしているが、ほかの土地から来たスタッフと違って、地元の人間はいまだになんらかの形で僕を知っているのを示そうとする」

カルはふたたびため息をついた。

「ため息をつくほどいやなことなの？」

カルはまっすぐネルを見た。いつもの用心深いまなざしは心の中に向けられている。

「ああ、そうだ」カルは答え、目を細めてネルに焦点を合わせた。「だが、苦にしていることはいろいろある。みんなはそうじゃないのか？　たとえば君だ。僕の息子の人生をこんなに長い間僕に秘密にしているのは苦にならなかったのかい？」

仕事の話で安心していたところに思いがけない質問が浴びせられたので、ネルはすぐには答えられなかった。一言で答えられる質問ではないと言おうとしたときには、カルはオフィスを出ていた。入ってきたときと同じように歩み去り、あとには彼のオーラだけが傷ついた亡霊のようにネルにつきまとった。

傷ついた亡霊？

私だって同じように傷ついていたんじゃない？　彼にすまないと思ってはだめよ。カルはものに動じないし、彼が愛する砂漠みたいにタフで冷酷無情なのだから。

ネルはポケットに手を入れて、父が入院している病院の電話番号を書いたカードを取り出した。オーストラリアでは夕方だろう。今の私に必要なのは、家族と連絡をとることだ。家族の声で落ち着くのだ。具合がよかったら、父とも話せる。それから家に電話して、パトリックと話をしよう。家族は私の命――私の現実だ。ここで起こっているほかのことは、まるですべて『アラビアンナイト』の中の出来事のようだ。ただ、もっと謎《なぞ》めいているけれど……。

ネルは病院への電話が通じるのを待ちながら、昼食のトレイにのったカットフルーツをつまんだ。それから母につながるまで、サラダをつついた。

「パパは元気よ。ほら、彼と話せるわ」

信じられない。このごろは大きな手術をしても、ずいぶん回復が早くなったけれど、二十四時間もたたないうちに父と話せるなんて！

「パパ！」

「私は元気だよ、ハニー。疲れているが、大丈夫だ。さっきパトリックが来たが、元気そうだった。髪を切って、上機嫌だったよ」

母が電話を替わり、説明してくれた。ヘアカットができるくらい髪が伸びたのが、パトリックはとてもうれしかったのだ。ほとんど剃《そ》ったように見える一分刈りは、友達もみんなしているお気に入りのスタイルだった。

とても普通で無害な会話に、ネルはほほえんだ。そうよ。家族は落ち着かせてくれる。

二人はなんということもなくおしゃべりをし、ネルは体に気をつけると母に約束をして、電話を切った。

切ってから、カルについてなにも話さなかったのにネルは気づいた。母が気をきかせたのか、それとも彼と話したことは別にたいした意味がなかったのだろうか。

気になるというわけではないが、少し不安を感じた。母はカルと話せてよかったとも言わなかったし、彼は元気かともきかなかった……。

「どういう意味だ、僕に手術の予定がないとは？」

カルは秘書相手にどなるつもりはなかったのだが、必要以上に大きい声になった。

「事故の被災者でお忙しかったので、これからもしばらくそうかと思いまして。ドクター・アームストロングがあなたのリストを肩代わりするとと申し出てくださったので、かまわないかどうか、患者さんたちに確認をとりました。皆さん了承してくれたので、今日も彼が手術していますし、明日もまた執刀してくださいます」

秘書は疑わしそうな顔でカルを見た。

「明日のリストをこなすお時間があるのならそう言いますが、ドクター・アームストロングはこう思うかもしれません――」

「自分が有能ではないと僕に思われていると、か」カルはうなった。「それどころか、彼は最高の外科医だ。僕たちはよくいっしょに仕事をしている」

そんなことは秘書は百も承知だ！　アームストロングが申し出てくれたとき、彼女はまったく躊躇《ちゅうちょ》しなかっただろう。僕はアームストロングと組んで、月に何度か複雑な手術をこなしている。

そう考えても、カルは少しも気分がよくならなかった。

「それじゃ、僕はなにをすればいい？」

「熱傷部門にお戻りになれば？」ためらいがちな提案に、カルは顔をしかめた。ネルのそばで働くと、非常に有害な影響を受ける。彼はまったく気に入らない人間に変えられてしまうのだ。同時に考えるべきではないことを考えてしまう。いつまた彼女をベッドに引き戻せるかと。

無理だ！　ネルとのチャンスをだいなしにしたことはわかっている。

だが、考えているうちにアイデアが浮かんだ。

「一日休みをとる」カルは宣言した。秘書は、彼が針仕事をすると言いだしたかのように驚いた顔をした。

「でも、休みは先週おとりになりましたよ」ショックでぼんやりした声で、秘書が抗議した。

「連休はどのくらいとっていないかな？　半年くらいか？　ずうずうしい頼みだろうか？」

「もちろんそんなことはありません」秘書はあわてて取り繕った。「いつも申しあげているでしょう。もっと休みをとってくださいって。ただ……」

「珍しいかな？」カルは助け船を出し、そろそろ会話を切りあげることにした。「出かける前にスペインからのチームに会っていくよ。そのあとの連絡は携帯電話に頼む」

カルはプライバシーを求めてオフィスを出た。それから病院の事務長に会い、スペインの医療チームの世話を頼んだ。神か運命か、はたまた惑星の並列のおかげか、自由時間ができたのだ。無駄にするつもりはない。オーストラリアに息子を迎えに行こう……。

空港ビルのレンタカー申し込みカウンターにいたのは、日焼けしたブロンド美人だった。ブリスベンは十四年ぶりだとカルが話すと、彼女は笑った。

「すごく変わりましたよ。とくに交通量が。でも、車の中に道路案内がありますから」

彼女はキーを渡すと、車を駐車してある場所を説明し、幸運を祈ってくれた。

幸運は必要なかった。道路は今でも見覚えがあり、カルは一度曲がるところを間違えただけで、ロバーツ家に着いた。午後も遅い時間で、家には誰もいなかった。木陰になっているベランダつきの、こぎれいな煉瓦《れんが》造りの家の正面階段に、カルは喜んで座り、昔ここでネルを待ったことを考えていた。すると誰かが帰ってきた。

ミセス・ロバーツだろうか？　それともメアリーというおばさんだろうか？　彼女の顔は思い出せなかったが、ネルには親戚《しんせき》が大勢いた。おそらくそれも、彼女に惹《ひ》かれた理由の一つだろう。家族意識が彼と同じくらい強かったからだ。

彼はミセス・ロバーツのことを考えた。彼女はいつも親切で、歓迎してくれた。ネルの父親も同じだった。カルが異なる民族で異なる文化を持つ人間だという事実は、彼らにとってなんの意味もなく、娘が彼といっしょにいて幸せなだけで満足し、彼が娘を幸せにするだろうと思ってくれた。

「まる一年間だ！」

カルは苦々しく言葉を吐き出した。最初から情事にしかなりえないなどと言い、ネルとの関係のルールの境界線を明らかにした若かりし日の自分は、なんと傲慢《ごうまん》だったことか。

あとになって、ネルを愛しながら、カルはその理由を説明した。彼は両親と約束を交わしていたのだ。カルは医学を学ぶことで伝統を破り、はるかかなたのオーストラリアで大学卒業後の研修までした。ただし、そのあとは帰国して伝統的なやり方で結婚すると、十六の年から婚約していながら顔も知らぬ妻をめとると、両親に約束していたのだ。

「やあ！　なにか用ですか？　うちの祖父母をさがしてるのかな？　あいにくおばあちゃんは病院なんです。おじいちゃんが入院中なので、看護師がちゃんと世話をしてくれるように見張ってるんですよ」

カルの目の前一メートルほどのところで、長身の少年が足をとめた。カルは少年を見つめた。心をかき乱され、当惑しつつも、息子の姿にうっとりして、口がきけなかった。これが初対面だという怒りが、ほとばしる圧倒的な感情とまじり合い、混乱した。

「メアリーおばさんがもうじき帰ってきますけど」

カルが相変わらず口をきけずにいたので、気づまりな間があった。すると少年が手を差し出した。

「それはそうと、僕はパトリックです」

カルは立ちあがってその手をとり、細い指の華奢《きゃしゃ》な骨を感じた。少年がひょろっとやせているのは、急に背が伸びたせいではなく、最近の病気のせいなのがわかって、さらなる怒りがわいてきた。僕は知っているべきだった。ここにいるべきだったのだ！　もし息子が死んでしまっていたとしたら？

沈黙で少年をいらいらさせているのに気づいたカルは怒りを隠し、ごくりと唾《つば》をのんで自己紹介した。

「カル」骨張った指を軽く握った。「僕はカルだ」

「僕の父さんの名前はカルですよ」パトリックは用心深そうに言った。「正式な名前はカリル・アル・カラーダ。外国の王子みたいなものなんだけど」

情報の流れが突然とまり、少年はカルを見つめた。その視線はカルの頭のてっぺんから足の爪先までたどり、また元に戻った。ショックが大きすぎたのではないかと恐ろしかった。カルは彼をつかまえようと手を伸ばした。すると少年の顔から血の気が引いたので、カルは

しかしパトリックはあとずさり、胸を張った。手足がふるえている。唇が乾くのだろう、何度も湿すのが見えたが、カルは彼に触れず、ただ待った。そして少年がしだいに理解した表情になっていくのを見つめた。

「あなたが彼なんだね?」

パトリックは釘《くぎ》づけになったようにカルを見つめている。しかし、混乱した頭の中を必死でさがしても、カルには言うべき言葉が見つからず、こみあげる感情で喉がつまった。彼は良質なブランデーのような瞳を持つ、この長身の少年にじっと集中した。

少年が先にショックから立ち直った。

「あなたがここにいること、ママは知っているの? いいのかな? ママがあなたに来るように頼んだの? あなたと話していいのかな? 僕、こういうことのルールがわからないから」

少年は当惑して汗をかいたのか、ショートパンツのわきに両手をこすりつけた。それから目に涙を浮かべ、血の気の引いた唇をまだ疑わしげにふるわせながら、にっこりとカルに笑いかけた。

「悪いけど、パパに会ったらこうしなさいって、ママからなにも言われていないんだ。でも、アラビア語は少し知ってるよ。サラーム・アライクム」

〝あなたに平安がありますように〟

カルは口をきこうとしたが、できなかった。このオーストラリアの少年が彼の国の言葉で挨拶《あいさつ》したとき、愛の津波に押し流され、あふれる感情で胸が苦しくなり、声が出なかったのだ。

カルは頭を振り、息子に近づいて強く抱き締めた。細すぎる体がふるえ、緊張するのを感じ、それがゆっくりとやわらぎ、少年が力を抜いてもたれかかるのを感じた。

カル自身の気持ちも、岩だらけの岸の波のように打ち寄せては引き、彼を消耗させた。

するとパトリックがぱっと離れて、カルを見つめた。

「あなたは彼なんだよね？」それから彼は顔をしかめた。「あの、失礼だとは思うけど、なにか本人だとわかるものを見せてもらえませんか？　中に入ってもらうべきだけど、知らない人は危険だし……」

この大人になりかけの少年を誇りに思いつつ、カルはポケットからパスポートを取り出して渡した。

「用心深いのは正しいことだよ」カルはようやく言えた。パトリックをこんなに上手に育ててくれたネルに心の中で感謝し、彼女がこれほど多くを奪ったことへの怒りをほんのしばらく忘れた。

パトリックはパスポートの写真を見つめてから、目の前に立っている男性を見た。カルは少年の吟味するような視線を感じた。そんなに長い間観察されて、嫌いになられるのではないかと心配になった。しかし、パトリックはただ写真をそっと二、三度指で撫《な》でただけだった。そしてカルを見あげて言った。「不思議だね、こんなふうに会うなんて。会うことなんてないと思ってたんだ。ママからあなたの奥さんのこととかいろいろ聞いていたから。あなたを責めたことはないよ。わかるから。子供のころサッカーに行ったときは、ほかの子たちにはパパがいたけど、僕にはママとおじいちゃんたちしかいなくて、そのことを考えたけど、ママがあなたの約束のことを話してくれて、わかったんだ。あなたの国では事情が違って、約束や名誉があなたにとってはとても大事なんだって」

カルは少年に涙を見られまいと顔をそむけた。ずっとこうなのだろうか。この子が言うことすべてに、僕は感動するのだろうか。

それに、ネルのことはどうなんだろう。これほどの勇気と理解力のある少年を育てた女性に、僕はいつまでも怒っていられるだろうか。

怒っていられるとも！

「それじゃ、家に入りますか？」

招待の最初の部分は聞き逃したが、まだパスポートを持ったまま、パトリックは正面の階段をのぼりはじめていた。

パスポートを見て、カルはここに来た目的を思い出した。センチメンタルな気持ちはもうたくさんだ。現実的になる時間だ。

「パスポートは持っているかい？」カルは尋ねた。パトリックはベランダから振り向き、ほほえんだ。

「もちろん。二年前、サッカーチームとニュージーランドに行ったとき、とったよ。病気になる前に」彼は突然立ちどまり、顔をしかめた。「ママと話したんでしょう。だから、ここにいるんだよね」しかめっ面がひどくなり、ネルに似ていると初めてカルは思った。最近の彼女は彼に向かって顔をしかめてばかりいるからだろう。「ゆうべママと電話で話したけど、あなたが来るなんて言ってなかったよ。たぶんおじいちゃんのことで動揺してたんだろうけど」

カルは頭を振った。愛、驚き、怒り、愛——さばききれないほどの感情が渦巻くが、少年が答えを待っていた。

「君のおばあさんには説明したよ。おじいさんが手術から回復する間、おばあさんは彼の看病で忙しいから、君が僕を訪ねてくるのはいい考えだと思ったんだ。だって、お母さんも向こうにいるからね。それで、君はどう思う？」

パトリックはカルを見つめた。喜びが疑いとせめぎ合っている。

「おじいちゃんを置いていってもいいのかな」少年は先に疑いを口にした。

「おばあさんはすばらしい考えだと言っていたけどね。病院に連れていくから、二人に直接きいてみるといい」

疑いがためらいがちな興奮に取って代わった。

「あなたの鷹《たか》、見られる？」パトリックはきいた。そして、カルがこのまったく予想外の質問に答える前に、ぱっと駆け出していき、すぐに戻ってくると、一冊の本を彼の手に押しつけた。「僕のいちばん好きな本なんだ。ほとんどいちばんね。たくさんあって選ぶのはむずかしいんだけど、この本は何度も読んだんだ」

カルは本を見て、指でタイトルをなぞった。『鷹狩りというスポーツの歴史』パスポートをなぞった息子の動きを無意識にまねしていた。

「お母さんがこれを君に？」少し間があって、ようやく声を絞り出した。

「もちろん。あなたのお気に入りのスポーツだって言っていたよ。サッカーよりも好きだって。だから、僕も学ぼうと思って。いつか……」

「僕に会ったときのために？」

少年の目にふたたび涙があふれた。息子がごくりと喉のかたまりをのみくだし、喉ぼとけが上下するのが見えたが、カルも息子と同様、なにも言えなかった。だから、本を間にはさんだまま、もう一度息子を抱き締めた。

今度はカルのほうから離れた。

「さあ、荷造りをしておいで。気候は暖かいよ。教科書は？　大事な試験の予定はないのかい？」

パトリックは話題が変わったのを歓迎しているように、にっこりした。

「教科書？　とんでもない！　かなり欠席したから、今年は遅れを取り戻してるんだ。ちょうど化学のテストがあったけど、まあまあだったと思うよ」

パトリックは家の奥に消え、すぐに戻ってきた。

「ごめんなさい。紅茶か、なにか食べるものはいりませんか？」

カルはほほえまずにはいられなかった。ミセス・ロバーツはいつもそんなふうに歓迎してくれた。

「いや、けっこうだ」カルは答え、パトリックが向こうに行ってしまうと、あたりを見まわし、十四年ぶりに訪れたこの家で、どういうわけかくつろいだ気持ちになった。

すぐにパトリックが巨大なキャンバスバッグを肩にかけて戻ってきた。

「多すぎるかな」不安げな声に、若さと、カルを喜ばせたいという希望がにじみ出ている。

「ぜんぜん」カルは請け合った。「歯ブラシは？」

「持ってないや」

バッグが床に落ち、どさっという音をたてた。中身はほとんど本らしい。パトリックはもう一度姿を消し、おどおどした表情でタータンチェックの洗面用具バッグを持って現れた。

「まだ薬を持ってなかった」

彼はキッチンに向かい、高い棚からプラスチックの容器を下ろした。それからあたかも突然思い出したかのように、カルに向き直った。

「あなたは医者なんだよね。白血病は知ってる？　僕がしょっちゅう血液検査をしなきゃならないのは知ってる？」

その質問はあまりに事務的に口にされたので、カルの喉にふたたび感情がこみあげた。

「うちの病院でも検査はするよ」カルはなんとか息子に請け合った。そして二人は家を出た。パトリックは家の中に駆け戻り、メアリーへの伝言を残した。それから玄関の鍵《かぎ》を閉め、ほとんどうしろを振り返らず、はずむように階段を下りてきた。

5

「彼がなにをしているって？」ネルは電話に向かってどなった。母の話が信じられなかった。

「あなたは知っていると思っていたわ。彼は話したって言っていたし。あなたがそっちにいる間にパトリックを知るいいチャンスだって。正直言って、それがベストだと思うのよ、ネル。あの子のためにも、おじいちゃんが回復するまで、そばにいないほうがいいと思うわ」

たしかに。でも、彼のあつかましさはどうだろう。断りもなくオーストラリアまで私の息子を迎えに行って、連れてくるなんて。

ずうずうしいにもほどがあるわ！

「ネル？」

母の不安が何千キロを越えて伝わってきた。ネルは急いで母を安心させようとして言った。もちろんパトリックをカルといっしょに行かせてよかったのよ。そのほうがあの子のためにいいだろうし、彼が家にいないほうがみんなもずっと楽でしょう、と。

でも、私はどうなるの？ 受話器を置いたとたん、ネルはほとんどすすり泣いていた。それから怒りでパニックになった。人をいいように扱うあの男！ あんなふうに飛んでいって私の息子をさらって、すべてを既成事実として見せるなんて。

それに、彼は私に嘘《うそ》をついたわ。自分の外科病棟に戻って仕事をしなくてはならないと言ったくせに、オーストラリアに行ったのだ。

怒りに駆られて、ネルはアパートメントの中を歩きまわった。パトリックに会えるのはうれしいが、そのかすかな喜びの輝きさえ、不安で陰る。

不安？

ネルは足をとめた。この新しい感情をじっくり調べてみたかったが、電話にじゃまされた。

「ママ！ 僕、パトリックだよ。カルのジェット機から電話してるんだ。カルがママに言いなさいって。僕たち、そっちの時間で午前十時ごろ着くよ。そうしたら、病院のアパートメントにまっすぐ連れていってくれるんだ。わくわくするね？」

割れたガラスの上を裸足《はだし》で歩いたり、火をのんだりするのと同じくらい刺激的だわ！ ネルは思ったが、パトリックのうれしそうな声を聞いては、否定的なことは言えなかった。息子はとても苦しい経験をして、最近ではわくわくすることなどほとんどなかったのだ。

文句はカルに言うべきだ。我慢よ！

「あなたに会うのが楽しみよ」あまり気乗りのしない声で言い、別れの挨拶《あいさつ》をして電話を切った。今となっては、不安がどこから来たかについて考える必要はなかった。病巣が見つかった。〝カルのジェット機〟〝カルがママに言いなさいって〟ああ、そうだ、彼に息子を盗まれるかもしれないという不安だ。すでに物理的には盗まれたけれど、そればかりか、感情的にも。そうしたら、私はどうすればいいのだろう。

今すぐカルに食ってかかれない欲求不満でいらだちながら、ネルはふたたび部屋の中でまわれ右をした。そして彼がどれほど賢いかに気づいた。彼女はパトリックの前ではカルに文句も言えない。カルがしたことは間違っていると息子に思わせるような言動はとれないのだ。父親は尊敬すべき男だと、約束や信念を大切にする男だと思わせて育ててきたのだ。

その確信をどうして裏切れるだろう。

混乱した頭でネルは行ったり来たりしたが、それでも暗闇《くらやみ》の中に細い一筋の光がひそやかに差しこんできた。パトリックがいれば、カルは私に触れたりキスしたりして誘惑できない。どちらのベッドでも、情熱的に愛を交わすことなどできないわ。

ところが予想に反し、そう考えても、慰めにはならなかった。だから彼女はパトリックに関する限り、カルの行動に腹を立てつづけることにした。

ネルが電話からいちばん遠いところにいるとき、呼び出し音が鳴った。今度はカルからだと思い、彼女は部屋をさっと横切って受話器をつかんだ。

「熱傷部門です、ドクター・ウォレン。こちらに来てくれますか?」

ネルはためらわなかった。緊急でなければ、夜中の一時に連絡してくるはずはない。

病棟の外の廊下で、同じく呼び出されたヤスミーンに会った。

「あなたの彼よ。身元不明の」ヤスミーンが言った。「血圧低下、血中酸素飽和度低下。危篤よ、ネル」

「死ぬはずがないわ!」ネルはどなった。怒りのはけ口が見つかってありがたかった。

「今はだめ」

ヤスミーンはなにも言わなかったので、ネルは理解した。この国の人々は、ネルよりもずっと落ち着いて死を受け入れるのだ。彼らにとって死はただ生の延長であり、そのタイミングは神の意思なのだ。

男性は昏睡《こんすい》状態だった。病院に来てからずっと意識があったりなかったりの状態が続いていた。気管開口術のために話すことはできなかったので、手やまぶたの動きで反応しろとか、ベッドに結びつけたメモに書けと励ましたが、聞こえて理解しているようすはなかった。

「きっとなにか潜在的な病気があるのよ!」ネルは言った。「血液検査はしてきたけれど、彼の体内でなにが起きているかを見てきただけで、病気の兆候はさがさなかった。酸素は気管開口チューブで肺に入っているし、赤血球の数は正常だった。最高ではないけれど、ひどくもない。だったら、なぜ細胞が酸素を取りこまないのかしら。酸素を運ぶ機能を壊す病気？　それを見逃しているの？」

ネルは声に出して考えていて、ヤスミーンの答えを期待していなかった。ところが、ヤスミーンはネルが百万ドルの質問をしたかのような顔で見つめていた。一瞬の沈黙ののち、ヤスミーンがほほえんだ。百万ドルの答えを見つけたようなほほえみだった。

「おそらく心臓に問題があるんでしょう。動脈の置換手術を受けたのかもしれない。完全な置換じゃなくて、なぜか肺静脈が酸素をたっぷり含んだ血液を心臓に送り返せない……」

「弁が問題なんだわ。閉じない弁」ネルは明るい灯がともったような気がした。「酸素を含んだ血液は逆流して、肺の中を再循環している」心臓の働きについて、彼女はしばらく考え、首を振った。「だめだわ。そうじゃない。でも、心室隔膜の間に穴があるのかもしれない。そこが弱くて、年齢のせいで悪化したのかも。国外在住者用の病院は心臓病の治療が評判で、世界中から患者がやってくるって言ってなかった？　心臓病と心臓外科。この国の病院はその二つで有名なのよ！」

ヤスミーンはうなずき、デスクに歩み寄って受話器を取りあげた。そしてネルに向き直り、なにかを考えたようすで、電話をかけずに受話器を置いた。

「こんな真夜中に手を貸してくれる人はいないでしょうから、明日朝一番に電話して、心臓病の手術のある患者を待っているかどうか、ききましょう。とりあえずはどうします？」

「心臓専門医をつかまえて。ここにいる？　それとも心臓病の患者はよその病院にまわすの？」

「顧問医はいますが……」

ヤスミーンはためらった。

「夜中に呼び出したくないのね？　残念だわ」ネルは言った。「むちゃくちゃなオーストラリア人医師のせいにすればいいじゃない。誰かにこの患者を診せましょう。それまで酸素の量を増やすわ。酸素濃度が高ければ、じゅうぶんな酸素が行って、悪いところが見つかるまで彼を生かしてくれるかもしれないわ」

ヤスミーンは電話に戻り、ネルは患者のベッドわきに戻った。なぜこの男性がこれほど重要になったのかはわからないが、彼を今あきらめるつもりも、彼にあきらめさせるつもりもなかった。

ネルは酸素の流入メーターを調節し、点滴をチェックして、その間ずっと、がんばれと声をかけ、いるかどうかわからないが、家族のために、と励ました。たしかに、今ではこのいわゆる謎《なぞ》の男性についての詳細が世界中の新聞に載っているはずなのに、誰も名乗り出てきていないのだ。

明け方に顧問医に電話するのはあまりいい考えではないとヤスミーンが思ったとしたら、顧問医自身はそれをさらに悪い考えだと思っただろう。それでも彼はヤスミーンとだけ話し、二人の仮説を一つの可能性だと考え、午前中に心臓カテーテルの予備検査をすることに同意した。

彼はネルをにらみながらヤスミーンになにごとか言って去り、ヤスミーンが状況をネルに説明することになった。

「あいつったら！」ネルはつぶやいた。「ここにもう来ているのに、なぜ今、検査をしないの？」

「設備とスタッフが必要なんです」ヤスミーンはしぶしぶ言った。今度はネルがにらむ番だった。

「今誰かが設備を使ってるっていうの？　スタッフって？　心臓にチューブが入っていくのを確認するX線技師？　勤務中のX線技師がいるはずよ」

ネルはさらに言いつのろうとして、ヤスミーンの疲れた表情を見たとたん、初対面のときから助けてくれた女性にやつあたりしているのだと気づいた。彼女はヤスミーンの肩に腕をまわし、抱き締めた。

「ごめんなさい。あなたが悪いんじゃないのに。それに、少なくともこれからの計画は立てたんだから、ベッドに戻ったら？　彼には私がついてるわ。ほかの患者についても調べたいことがいくつかあるから、ここにいるほうがいいの」

ヤスミーンは反論したが、しまいには抵抗をやめて去った。そのときになって初めて、ヤスミーンは病院内のアパートメントに住んでいるのか、それとも外にある家に帰るのだろうかとネルは考えた。

実際、ヤスミーンについては、彼女が優秀な医者でアメリカ訛《なまり》の英語を話すという事実以外、なにも知らなかった。事故と、多くの患者たちにできるだけの手を尽くしているせいで無関心だったのだろうか。それとも、カルが頭の中を占めていて、同僚の生活について普通に考える脳細胞さえ残されていなかったのだろうか。

明日になったら、ヤスミーンについて、もっといろいろわかるはずだ。いや、明日はもう今日だ。そして今日、パトリックが到着する。父親に自家用ジェット機で連れてこられるのだ。カルったら！　富と権力をこんなふうに見せつけられたら、十三歳の子供が感動しないはずはないでしょう？

患者が身じろぎしたので、ネルはモニターの数値に集中し、それ以上苦悩せずにすんだ。酸素の量を増やした効果は表れず、投薬のおかげで血圧は少し上がったが、回復の希望を持てるほどではなかった。この患者を専従看護している若い看護師がなにか言った。ネルが見ると、彼女は祈っていた。手首のやけどの傷に触れないようにそっと男性の手をとり、頭を垂れた若い女性の唇から流麗な言葉が流れ出ている。

この国の人々は祈りを治療の一環として使う。カルがそう話していたのをネルは思い出した。医学でも治せない病を祈りが治せるのだろうか？　ネルはそんなことを考えながらモニターに注意を戻した。

変化はなかった。それでも若い看護師の信仰心に心を動かされたネルは、ベッドの反対側の椅子に座って、男性の回復のために静かな祈りを捧《ささ》げた。

二人が夜どおし見守っていると、うれしいことに患者は朝になって少し持ち直した。だからヤスミーンも、戻ってきた顧問医に対して、心臓カテーテル検査ができるくらい患者は回復しており、もし可能なら隔膜の欠損をふさぐためにバルーン形成術も試せると報告することができた。

「隔膜に欠損があれば、だけど」ネルはつぶやいた。患者の問題の解決はそれほど簡単ではないとわかっていた。

だが、解決は簡単だった。小さな手術室から勝ち誇ったようすで現れた顧問医は、英語が話せないふりをしていたのをすっかり忘れて、自分のみごとな心臓カテーテル検査を逐一説明し、さらに欠損のある隔壁を直した技術を事細かに述べ、患者が今後回復しなければ、それはネルのせいであって、自分が悪いのではないとほのめかして、話を終えた。

ネルは顧問医に礼を言い、患者のストレッチャーのあとについて熱傷部門に戻った。今や疲労が押し寄せ、泥の中を歩いているように足が重いが、頭にあるのはこの患者のことだけだった。治療法をどのように変えるべきか、心臓顧問医が処方した薬と、熱傷用に投薬していた抗生物質や痛み止めの間で考えられる反応について考えていた。

「ネル！」

何度も呼ばれていたらしい。自分の名前が聞こえたので、彼女は振り向いた。すると廊下の向こう、十メートル離れたところにカルがいた。

カルだわ！

パトリック！

「パトリックはどこ？」彼女はきいた。疲れ、混乱しすぎて、この男性に言いたかったことをすべて忘れかけていた。

「君のアパートメントにいる。彼を置いて君をさがしに来たんだ。彼を待っていると思ったから」

その声ににじんだかすかな叱責《しっせき》だけでじゅうぶんだった。ネルは廊下を駆けだした。怒りでまわりの景色が消え、彼女の人生をめちゃくちゃにしたこの男性に殴りかかりたくなった。

「よくも私にそんな口がきけるわね？」ののしり、カルの胸を殴ろうと両の拳《こぶし》を上げたが、彼の両手につかまれてしまった。「それに、よくもこそこそと私の息子をとったわね？　恐ろしいごまかしだわ。私をあなたの病院で働かせておいて！」

「彼は僕の息子でもある」カルはネルのあらがう拳を苦もなくつかみながら、鋼のように硬くなめらかな声で思い出させた。「ごまかしだの恐ろしいだのと言うのなら、十三年間、彼を僕から隠しておいたのはどうなんだ？」

「言えなかったのよ！」ネルはぴしゃりと言い返した。「私が言いたくなかったと思う？　あなたに戻ってもらうためなら、なんでもしたかったわ。少なくとも、私は名誉にしたがって行動したのよ！」ネルはあざけった。「これが名誉ある行動なの、シーク・カラーダ？　私に隠れて、こそこそと私の子をとることが？」

「僕たちの子だ！」

その瞬間、ネルはカルを憎んだ。愛したのと同じくらい憎んだ。なぜなら彼が正しかったから！　パトリックは二人の子供なのだ。

「でも、やっぱり間違っている！」カルへの怒りにしがみついて、ネルはつぶやいた。手首をつかむ彼の手が少しゆるみ、憤怒《ふんぬ》のために彼のそばに来たはずが、いつしか彼に引きつけられていた。

「たしかに間違っていたが、君は長々と口論せずに同意してくれていただろうか？」彼は静かに尋ねた。「同僚が僕の代わりに手術を引き受けてくれたから、行って帰ってくる時間ができたんだ。お父さんが回復する間、パトリックが留守にしてくれるので、お母さんは安心したようすだったよ。それに君は別の国にいるわけじゃない。僕はオーストラリアに飛んで、パトリックを母親のところに連れてきたんだ」

このあつかましい嘘に、カルに感じていた魅力はわきへ押しやられた。

「あなたは自分のためにあの子を連れてきたんでしょう」ネルはどなりちらした。「だからボーイスカウトの善行のように粉飾しないでちょうだい」

ネルはつかまれていた手を引き抜き、ぱっと駆けだした。アパートメントにまっすぐ行くつもりだったが、怒りを隠さなければならないのに気づいた。パトリックは冒険で興奮しているはずだし、三人が一堂に会するのは最高に愉快なことだと思っているだろう。その興奮を打ち砕くことも、彼の喜びに憂鬱《ゆううつ》な暗雲を投げかけることもできない。

「ネル！　ネル！」

ヤスミーンの声が廊下を追ってきた。振り返ると、ヤスミーンが身ぶり手ぶりを交えて、カルになにごとか説明していた。苦しげな表情が遠くからでもわかった。ネルは急いで戻った。

「あなたの患者よ」ヤスミーンが言った。「また血圧が落ちてる。極端に落ちてるわ」

「なんてこと！」ネルはつぶやき、すばやく病棟に向かった。カルがついてくるのを感じて、なんの話だったかを思い出し、立ちどまって振り向いた。「カル、私は患者のところに行かなくてはならないの。パトリックに説明してくれる？」

カルはネルを見た。いつもはきれいな肌が疲労で灰色がかっており、目の下に黒い隈《くま》ができているのに初めて気がついた。

「眠ったのか？」カルはきいた。ネルは少しほほえんでみせた。雄々しい笑みに、カルの胸は痛んだ。

「最近は寝てないの」ネルは答え、彼の腕に触れた。「でも、行かなきゃ。そしてパトリックを一人にしておけない」カルの筋肉をつかんだ指に力をこめ、目をのぞきこんで、彼女は言った。「お願い」

もちろん、僕はあの子のところに行くさ！　それでは、なぜためらう？　なぜ僕はこの女性を懇願させているんだ？

罪の意識、悔恨、そして愛のはずもない抗しがたい感情に、カルは押し流された。彼は身をかがめ、ネルのそばに立ち、明らかにわきで起こっている事件に魅せられているヤスミーンを無視して、ネルの頬にそっと口づけをした。

「パトリックの面倒は僕が見るよ」カルは約束し、歩み去った。ネルを抱き締め、再会してから二人の間に起こったすべてを詫《わ》び、二人の息子がどれほどすばらしいかを告げ、彼女を祝うことはできないまま……。

ネルの姿が見えなくなると、カルはとたんに彼女がしたことは間違っていたのだと思い出し、気持ちを立て直した。僕のほうこそ被害者で、あやまらなければならないのは彼女のほうだ。

カルはネルのアパートメントに戻った。パトリックも医者の息子だ。緊急事態について説明すれば、きっとわかってくれるだろう。だが、その必要はなかった。テレビをつけっぱなしにし、ロックの映像を鳴り響かせたまま、少年はソファに寝そべり、ぐっすり眠っていた。

カルは少年をじっくり眺め、自分や兄の子供たちに似ていると思った。ネルにはあまり似ていない。パトリックの見た目がいかにも僕の息子らしいので、ネルは心配だったのだろうか。パトリックが自分たちを捨てた父親を決して悪く考えないようにするのが大変で、見た目については、たいして悩まなかったのかもしれない。

カルはキッチンに行き、冷たい水をグラスについだ。仕事に行かなくてはならない。病棟だけではなく、病院全体で起こっていることを調べるのだ。ただし、パトリックを一人でほうっておくつもりはない。ネルにも約束したし、自分でも面倒を見たい。そこで秘書に電話して、どこにいるかを説明し、なにが起こっているかをチェックした。

「二、三時間あなたがいなくても、私たちは生きていけますよ。数日だって」秘書は言った。「だから優秀な副官を選んだんでしょう。お信じにならないだけで、彼らだってあなたと同じくらいちゃんと仕事ができるんですよ。信頼してください」

秘書に忠告され、カルはほほえんだが、彼は自分の行動だけでなく、国民の行動にも責任を負うように育てられている。その習慣を破るのはむずかしかった。

パトリックがネルのダイニングテーブルに積みあげた本の山が見えた。あといくつか本の山ができたら、カルのアパートメントそっくりになる。彼は鷹《たか》狩りの本を手にとり、腰を下ろして読みはじめ、文章のあちこちにパトリックがつけた細かいマークやカルの祖父の名前につけた星印を見て、ほほえんだ。そうだよ。君の曾《そう》祖父は鷹の訓練の達人だったんだ。どうやら君も気に入ったようだな。

ネルは病棟に戻った。ベッドのわきには、すでに医局員や若い医師たちがいた。

「心臓顧問医には連絡した？」患者の灰色の枯れたような顔を見ながら、ネルはヤスミーンにきいた。

「こちらに向かっています」医局員が答えたので、ネルはうなずいた。彼はいつも彼女に対して英語を使ってみるのだ。

ネルが最初に調べたのはカテーテルが挿入された脚の付け根の部分だが、少し血液がついているだけで、男性の状態の説明にはならなかった。

「こういう急変のときは、たいてい内出血があるから。スキャンが必要――」

だがその段階で、ため息もつぶやきもなく、男性の呼吸がとまり、モニターが心停止を表示した。

「蘇生《そせい》しますか？」若い医師がきき、ネルは考えた。ショックパドルについて、男性の受傷した体がベッドの上ではねることを考え、残念ながらその選択肢を捨てた。意識があるように思えるときでさえ、男性は生きる意志を見せなかった。ネルは彼のために戦い、戦えと彼を激励したが、男性が戦いを始めたくないのは明らかだった。

素性も知らないこの男性を失うのがつらく、ネルは医師たちが出ていっても病室にとどまり、看護師を手伝って霊安室に移す準備をした。解剖したかったが、この国では病院内のすべての死亡者を解剖するものなのかどうかがわからない。きかなければならない……。カルに。もはやパトリックのところに行かないですむ言い訳もなくなった。けれど、そこにはカルがいる。彼ら二人が、父と息子がいっしょにいるのを見るのは、考えるだけでたまらなかった。

その代わりにヤスミーンを見つけ、解剖について尋ねた。

「するべきでしょうね、でも――」ヤスミーンは困ったように答えた。

医局から顧問医が現れたので、ネルは〝でも〟の理由を理解した。

「死亡証明書に署名したよ。やけどの深刻度を考えると、死亡したのも不思議はない。私が手術したのはまったくの無駄だったな。解剖の必要はない」

顧問医はとても確信ありげで、しかもとてもいやな感じなので、ネルは意固地になった。

「家族がくわしいことを知りたがるかもしれないし、完全な報告書を求められることもありうるわ」

「彼には家族はいない」顧問医は言った。

「もちろんいるわ。まだ見つかっていないだけよ」

ヤスミーンがそわそわしてネルの腕を引っ張ったが、ネルはたまった鬱憤をこの男で晴らしてもいいだろうと考えた。

「見つかったときには、どう説明するつもり？」

「重度のやけどで死亡したんだ」顧問医は言い捨て、歩み去った。

「彼より地位が上なのは？」意地になっているのを自覚しながらも、ネルはヤスミーンにきいた。

「カルだけよ。顧問医は病院の職員ではないけれど、カルは病院内のことはすべて決められる立場だから。彼のオフィスに電話してみればいいわ」

ネルはうなずいた。「つかまえるわ。でも、その間に、どこかに遺体を置いておける？まだ死亡証明書の効力を発揮させたくないの」

「とにかく彼を確保しておいて、家族をさがしつづけましょう」ヤスミーンはネルに思い出させた。「だけど、私たちと同じ宗教だったら、二十四時間以内に埋葬しなければならないわ」

ヤスミーンが顔をしかめていたので、ネルは彼女の体に手をまわした。

「カルがなんとかしてくれるわ」まだ唾《つば》を吐きかけてやりたいくらいカルのふるまいに腹を立てていたが、それでも彼が必ずなんとかしてくれるだろうとネルは信じていた。

ネルはヤスミーンを抱き締めて別れた。カルはまだパトリックといっしょに彼女のアパートメントにいるはずだ。ただ、息子に会える喜びも、患者の死を思い出すと、すぐに色あせてしまった。

「心臓の問題を考えるべきだったわ」苦悩に満ちた低い声で、ネルは言った。二人はキッチンにいた。眠っている息子の姿を眺め、顔色がいいのを確かめてから、カルをキッチンに引っ張りこんで説明しているのだ。「彼を救えたはずだったのよ」

ネルにとって大きな意味を持っていた男性が死んだのはとても残念だと、カルが彼女の手をとり、肩を抱いて言ったので、彼に対する彼女の怒りはやわらいだ。

「君が心臓の問題を考えつかなかったとしても不思議はないよ」カルは今度はネルを安心させようとしていた。「いいかい、あの男性には記入する用紙を与えていた。ときには質問に答えるくらい意識があった。だから僕たちは彼に尋ねた。そうだな、持病はないかといろいろな言語できいてみたよ。質問は聞こえていたはずだ。僕たちが質問すると、顔をそむけたんだから。無視したんだよ」

カルはネルの体を自分のほうに向け、彼女の耳にほつれ毛をかけてやった。

「彼にはじゅうぶんしてやったよ。いいかい、そもそも君が立ちどまって調べなかったら、彼はあの最初の日に死体安置所に送られていたんだ」

カルのやさしさと、自分の怒りがおさまってきたことに当惑し、ネルはあとずさった。

「彼を解剖してもらえる?」

カルは一瞬考えた。

「なぜだい?」

「熱傷で死んだとは考えていないの。体内で多量に出血していると思う。手術が原因かもしれない」

「顧問医の不注意の結果?　そう言う気か?」

「いいえ。彼はたぶんとても有能な外科医でしょうけど、もしもミスだったとしたら、私たちはそれを知るべきじゃない?　患者も知らされて当然じゃないかしら?」

カルは肩をすくめたが、返事はおざなりなものではなかった。

「そうだな。解剖しよう。いずれにしろ、死因を見つけておけば、あとになって家族が現れても、面倒なことにならずにすむかもしれない」

ネルはうれしかったが、喜ばない人間がいるのはわかっていた。なにも言わずにおこうかとも考えたが、知らせずにカルを巻きこむのはフェアではないと思った。

「心臓顧問医は反対しているんだけど」

カルは〝それで？〟とでも言うように、片方の眉を上げた。ネルはほほえまざるをえなかった。傲慢《ごうまん》なカルが戻ってきた。

しかし、彼女のほほえみも、この傲慢な男性と戦わなくてはならないのを思い出したとたん、消えた。カルはオーストラリアまで行き、彼女の許可も得ずに息子を連れ出したのだ。おそらく違法行為に相当するだろうと思ったが、追及するつもりはなかった。

いや、気になるのは事の本質のほうなのだ。

「起きたぞ」

警告するような声の調子からすると、カルもネルがなにを考えているかを察したのだろう。この状況ではネルもほほえまないわけにはいかず、笑顔を作って息子のほうを向いた。ところが、そんな見せかけは長くは続かなかった。息子を見て、〝ママ〟といううれしそうな叫びを聞き、ぎゅっと抱き締めてくるやせた体を腕に感じた瞬間、怒りは消えうせた。

「びっくりしたわ」息子の顔が見られるように腕の長さだけ体を離して、ネルはようやく言った。「薬はちゃんとのんでる？　カルテを送ってもらうように病院に電話するのは？」

幸せそうな表情が少し薄れたのを見て、ネルはもう一度息子を抱き締めた。

「もちろん、そんなこと考えなかったでしょうね。おじいちゃまが入院中だし、あなたは……カルに飛行機で連れてこられたんだし。いいわ。メールで送ってもらって、プリントアウトして、カルが選んでくれたこちらでの主治医に渡すことにするから」

パトリックの肩ごしに、カルが顔をしかめるのが見えた。ネルが彼のことを〝パパ〟と言えなかったので、いらだっているのだろうか。それとも、今回の滞在がほんの短いものだと暗示したからだろうか。

だが、もちろん短い滞在なのだから、そうではないと思われないほうがいい。

ネルも顔をしかめてみせてから、カルがパトリックに言う言葉を聞いて、自分が誤解していたのだろうかと思った。「地元の料理を味わう時間だよ。君のお母さんは徹夜したけど、食事はしていないんじゃないかな。だから、君が食糧さがしに行ってみたら？」彼はポケットに手を突っこみ、札をまるめたものを取り出し、何枚かとって、パトリックに渡した。「エレベーターで一階に下りて右に曲がると、食堂がある。セルフサービスだから、おいしそうな料理をいくつか選んで、トレイにのせて持っておいで。みんなで食べよう」

パトリックはじゃまにならないように追い出されるために仕事をカルから言いつけられたのではなく、贈り物をもらったような顔をした。

「ファラフェルはあるかな？　ホムスは？　シシカバブは？　それにママは果物みたいなお米料理も作るけど、名前を忘れちゃった」

「見ておいで」カルは言い、ドアまでいっしょに行き、パトリックがエレベーターに向かって歩いていく間、その場に立っていた。「すばらしい少年だ」ネルのほうに戻りながら、彼は言った。その目つきと低い声で賛美を強めた。「君は彼をみごとに育てたね。僕は――」

「パトリックのしつけについてお世辞を言われたくないわ」少し涙ぐみながらも、ネルは鼻息荒く言った。「あなたのしたことについて説明してほしいの。パトリックの生活をこんなふうに混乱させて、今度はどうするつもりなのか知りたいの」

カルは体をこわばらせ、背筋を伸ばし、きびしく断固としたまなざしで彼女を見おろした。

「僕は息子を知るつもりだ。それから、彼が会っても大丈夫だろうと判断したら、僕の家族に紹介するつもりだ」

「あなたの家族に紹介する？」気が遠くなりそうだ。

「彼は僕の息子だ！」カルの声は雪まじりの風のように冷たかった。「僕の家族はあの子の家族だ。もちろん、彼はみんなを知るべきだ」

ネルはうしろにあるだろう椅子を手さぐりし、テーブルの下から引き出して、どさっと座りこんだ。

心臓がパニックでぎゅっと縮まった。

6

「なにがいい？　紅茶かコーヒーか？　なにも食べてないのか？　自分の体に気をつけることを知らないのか？」

カルの声はぶっきらぼうだったが、ネルは彼の質問に答える代わりに首を振りながら、ほっとしていた。急に椅子に座りこんだのは空腹か過労のためだと思ってくれたんだわ。パトリックがいないときに、家族という問題について彼に話しておかなければ。

カルが機先を制して話しだしたが、それは彼の家族ではなく、ネルの家族のことだった。

「君のお父さんに会ったよ。出発前に病院にパトリックを連れていったんだ。とても元気そうだったな。医者たちも彼の回復ぶりを喜んでいたよ」

この話題の転換がうれしく、ネルはのしかかるように立っている男性を見あげた。

「母は？　どうしてる？」

カルはほほえんだ。温かくて純粋な、顔がぱっと明るくなるようなそのほほえみを見ると、いつもネルはどきどきした。

そして今でもどきどきした。

「いつもどおりだったよ。裏庭に宇宙船が着陸して小さな宇宙人たちがどっと出てきたとしても、彼女はにっこり挨拶《あいさつ》してお茶を勧めるだろうな。お父さんのそばにきちんと座って、明るい色のマフラーを編んでいた。看護師たちは毛糸の入った大きなバッグから、自分が編んでほしい糸を選べるんだ。言うまでもないが、みんな手なずけられて、じゅうぶんすぎるほどお父さんの世話を焼いているよ」

ネルは思わずほほえんだ。さすがママだわ！

認めたくはないが、父の回復期にパトリックの食事やテストや診察予約について心配せずにすめば、母のストレスもずっと軽くなるはずだ。

「それで、君の家族については片づいた。あとは僕たちのことだ」カルが言った。

「私たちなんてないわ」ネルは指摘した。「あなたと私とパトリックよ。あなたはうまくやってあの子をここに連れてきた。でも、彼を楽しませておくためには、あなたにも少し仕事を休んでもらわなきゃ。私は仕事をするためだけに来ているんだし、熱傷部門で必要とされているの。勝手に休んで、パトリックを案内してまわるわけにはいかないわ」

「僕が君たちを案内しよう」カルは言った。「スペインの医療チームが来たから、君も抜けやすくなるはずだ」

「彼らは外科よ」ネルは指摘した。「病棟の仕事はしないわ。熱傷部門のスタッフが休みをとれるようになるまでには、まだ何週間もかかるでしょうね」

「誰でも休みは必要だ」カルは反論した。

「あなたは違うって聞いているわ」問題の核心からそれているのを知りながら、ネルは攻撃した。「私は本気で言っているのよ、カル。休みをとって、パトリックといっしょに過ごしてもらわなきゃ。あの子をここに連れてきて、ただ私のアパートメントにほうりこんで、自分は仕事に戻るなんてこと、できないのよ。誰かが彼といっしょにいてあげないと。街や周辺の田舎も見たがるでしょうね。部下の一人に自分の責任を押しつけることができるなんて思わないでちょうだい。そうよ。あなたがここに連れてきたんだから、彼の面倒はあなたが見るのよ」

ところが、断固とした態度をとったものの、それがどれほど危険なことかにネルは気づいた。父親と長い間いっしょに過ごすことになれば、感受性の鋭い年ごろのパトリックが強い印象を受けないわけがない。カルがいとも簡単に人を引きつける魅力を発揮できるのはわかりすぎるほどわかっている。彼が魔法をかければ、パトリックはつかまってしまう。

「ばかげているよ。君の仕事に対する態度もだ」ネルのもの思いはカルの抗議で中断された。「君もこの国を見るべきだ。午前中働いて、午後はみんなで出かければいい」

「またそんなふうに！　パトリックばかりか、私の生活まで管理する気なのね！　ありがとう。でも、けっこうよ。病棟で必要とされている間は、私はここにいますから」

「僕の病院だということを忘れているよ、ネル」冷静で容赦ない論理だった。「僕は君が働くのを禁止することだってできるんだぞ！」

「そんなことをあなたがする？　自分の思いどおりにするために、患者の命を危険にさらすかしら？　それとも、パトリックのことを知らせなかった私への仕返しなの、カル？」

怒りの爆発に答えたのは沈黙だった。あまりに長い沈黙に、ネルはついカルを見あげた。カルは途方に暮れたような顔をして、ネルをじっと見つめていた。彼がそんな表情を見せるのはついぞなかったことだ。その顔に浮かぶ純粋な後悔のようなものを見ているうちに、敵意が消えていくのをネルは感じた。

「僕たちは言い争わなくてはいけないのかい？　僕たちの息子を喜ばせるべきなんだろう？　僕は……戻ってくるフライトの間中、君に会うことしか考えられなかった。君に会って、彼をこんなふうに育ててくれてどんなに感謝しているか、あのすばらしい子のことがどんなに誇らしいかと言いたかった。なのに、僕たちはここで、おたがいにきつい言葉を投げつけ合っている。どこかに中立地帯はないのか？　あの子のために一時休戦はできないのか？」

ネルはカルを見つめた。もちろん一時休戦をするべきだ。でも、カルの前で弱みを見せたりしたら、彼はすぐにそれに乗じて、息子や私の生活に干渉するだろう。まるで当然の権利のような顔をして、私たちの人生を乗っ取るのだ。

「今はくたくたで話すこともできないわ」臆病《おくびょう》者の逃げ口上だとはわかっていたが、いくぶん真実でもあった。というのも、疲労のために防御が弱まり、自分の人生を誰かに乗っ取られたり、パトリックへの責任を肩代わりしてもらったりすることが、一瞬、とても魅力的に思えたのだ。

「飢えたママにお食事をお持ちしました！」

開いたままのドアから、パトリックが食べ物のトレイを持って入ってきた。だが、彼は一人ではなかった。かわいい顔の若い女性がトレイを掲げて、彼のあとからついてくる。

「僕とママとカルの三人分の食事を一人では運べないって説明したんだよ」パトリックはトレイを置き、女性からトレイを受け取って英語とアラビア語で礼を言った。女性は会釈して去っていった。「そうしたら、カウンターにいた男の人が彼女をいっしょによこしてくれたんだ」パトリックは父に向き直った。「僕のアラビア語、通じたみたい。でも、僕があなたの息子だって言ったら、みんなびっくりしてたよ。この病院の大物なの？」

ネルはほほえみを隠して〝大物〟に目をやった。

「僕は院長なんだ」カルは言った。

「そうだと思った」パトリックは気楽そうに言って、トレイにのっていた料理をダイニングテーブルの真ん中に置いた。「お皿は、ママ？」

ネルはパトリックがなにを言っているかが一瞬わからず、あたりを見まわした。「キッチンの棚のどこかにあるんじゃないかしら。私はここで食堂から運ばれた朝食を食べていただけなの。あとの食事は病棟でとっていたから」

カルが皿を出し、三人分のフォーク類を用意した。そうした小さな仕事をして、自分自身に対するいらだちを隠した。この国に到着して以来、ネルは実質的にあまりにも多くをしょいこんでいるのに、僕は彼女をとめるためになにもしていない。熱傷部門には彼女が必要だ。それは否定できないが、彼女が疲労困憊《こんぱい》するまで働いていると気づくべきだった。

カルは皿を一枚手にとり、いろいろな料理を少しずつのせて、ネルの前に置いた。

「なにか食べて寝なさい」命令に聞こえないよう気をつけながら言い、パトリックに説明した。「お母さんは夜どおし患者に付き添っていたんだ。だから食事をしたら、僕たちは街をドライブしよう」

カルはためらい、ネルを見つめて一瞬待った。だが、彼女は彼がよそった皿にかがみこみ、フォークの上の食べ物以外には関心がないように見えた。

「道がわかったら、自分で少し探検してみてもいい。できるだけ案内したいが、僕も仕事をしなければならないときがあるからね」

「かまわないよ」パトリックはあっさり言った。「ママはなんでも自分でやりなさいっていつも言うんだ。でも、僕はもっとアラビア語を習いたいな。話すのはかなりいけるんだけど、読んだり書いたりはそれほどうまくないから」

「教えてくれる人を誰か見つけよう」カルは言って、ふたたびためらった。今度はネルではなく、パトリックのことを心配している。「休暇のはずなのに、レッスンを受けてもいいのかな」

「かまわないよ」パトリックは請け合った。「あなたとママが働いているときにすることができるし」

ネルは顔を上げ、カルをにらんだ。ところが、カルは彼女が反論できないのをわかっていて、あっさり言った。「そうか。君がそうしたいなら」

会話は次に食べ物に移った。パトリックは自分で注文できるよう、どの料理がなんという名前かを熱心に知りたがった。

この子の年齢のとき、私はこんなに自信に満ちていたかしら？　ネルは考えて、かぶりを振った。もちろんそうではなかった。パトリックの年齢のころは、大人といっしょにいると恥ずかしく、男の子たちがいやで、もじもじし、女の子の友達に囲まれているときだけ、安全で自信を持っていられた。

パトリックは病気のせいで成長したのだ。それはわかっているが、カルといっしょにいる息子を見ると、自信も遺伝するのだろうかと思ってしまう。二人は見た目ばかりか態度もよく似ていた。カルが口下手な若者だったり、これまで一瞬たりとも気恥ずかしさを感じたりしたことがあるとは想像もできなかった。

「それで、君の検査について話してくれ。どんな検査を何度くらい受けた?」

ネルが見つめていると、パトリックは父親に向かって、薬物療法と受けなければならなかった定期的な血液検査の概略を落ち着いて話した。

「血液検査では血球数が減っているかどうかを見るけど、僕はほかのことにも注意しなきゃならないんだ。T細胞の急性白血病だって知ってる? サッカーをしていてあばら骨を折ったときに胸部レントゲンを撮って、癌《がん》が見つかったんだ。肺と肺の間に影があったから、肥大した……なんだっけ、ママ?」

「胸腺《きょうせん》よ。T細胞はそこで作られるの。あなたはそことリンパ節が肥大しているのよ」

「そうだ、胸腺だ」パトリックは胸をたたいた。「ここにあるんだよ。だけどT細胞があると、ほかの腫《は》れ物やしこりができやすいんだ。まるで……」

パトリックはふたたび言葉を切り、ネルを見た。

「リンパ腫《しゅ》」ネルは助け船を出した。

「リンパ腫だ。白血病よりもそっちのほうなんだ。最初に再発したとき、首にこぶができたけど、すぐに発見できたからよかった。治療の最初の段階では……薬がきついのは知ってるよね、最初の——」

「寛解導入だね」カルが口をはさみ、パトリックはうなずいた。

「次が地固め療法で、それから維持療法でしょう。第一段階では僕の白血球は急激に減少したけど、地固め療法のすぐあとにこぶが見つかったから、もう一度、第一段階をやらなきゃならなかった。それで今僕は、どこかにこぶやしこりや腫れがないかどうか、全身を調べるんだ。毎週血液検査をしながら」

カルは眉をひそめている。息子のためにそばにいるべきだったとまた考えているのだろうか。ネルは思った。しかし、あの恐ろしい時間を二度と経験しなくてすむなら、私はなんでも差し出すだろう。

「再発したとわかったとき、君はよく耐えられたね」しばらくしてパトリックがデザートをとりに食堂に戻ったとき、カルはネルに尋ねた。

「さっきそれを考えてたの」ネルは認めた。「パトリックが最初に白血病だと診断されたとき、どう感じたかってよくきかれるけど、しなければならないことがたくさんあったのよ。いろいろな専門医に会って、さまざまな薬剤とその効果を勉強して、全部パトリックに説明したわ。そのことで忙しすぎたから、治療を受けさせて、積極的でいさせることだけしか考えられなかったの。でも、二度目は……」

その知らせを聞いたときの恐怖がよみがえり、ネルは話せなくなった。

「だから、来なきゃならなかったのよ」ようやく続けた。「万一もう一度そんな恐ろしい日が来たとしても、希望があるのかどうか知る必要があったの」

それから、ネルはカルを見ずに立ちあがり、脚で椅子をうしろに押しやり、まるで八十歳の老婆のようにテーブルにつかまった。

「寝なきゃ」そう言って、顔をそむけた。

するとうしろにカルがいて、ネルを抱き締め、支え、彼女が受けたくない慰めを差し出した。

「僕があの子の面倒を見るよ」カルの声はしわがれていたが、怒りはなかった。

ネルはうなずいた。ただ、カルが骨髄検査のことを言っているのか、その午後、彼女が眠っている間、パトリックの面倒を見るということなのかはわからなかった。

どちらでもかまわない。そう思っていると、カルが頭のてっぺんに口づけし、腕の中でネルの体をまわしたので、彼女は彼に抱かれる格好になった。

今度のキスは頭のてっぺんにではないわね。わかっていたが、ネルは動けなかった。

「昼間からセックス？　勘弁してよ」

パトリックの声で、二人はぱっと離れたが、息子に向けたカルの顔は威嚇的だったので、ネルは彼の腕に触れた。

「十代の子のユーモアよ」ネルは穏やかに言い、それでもパトリックに向かって警告した。

「口をつつしみなさい！」それから寝室に向かった。二人の間に起こったことを思い悩むには疲れすぎていた。

ネルは四時間後に目を覚ました。外が暗く、アパートメント中静かだったので、一人だとわかった。ベッドわきの明かりをつけて初めて、誰かが部屋に入り、ヤスミーンが運んできた包みを解いてくれたのに気づいた。どのくらい前だったのだろう？

ネルは両手で顔をこすった。どのくらいここにいたのか、まったく見当もつかなかった。もしかしたら、時差ぼけなのかしら。

なんでもいいわ！　鏡台に化粧品がのっており、少し開いたワードローブの扉から服がきちんとかけられているのが見えた。

ベッドわきのテーブルにメモが置かれている。

〝パトリックと僕の部屋にいる。八時ごろ、夕食に出かけようと思っている。もし起きたら、いっしょに行かないか。アパートメントに残るのなら、なにか頼んで食べてくれ〟

〝カル〟という署名があった。それがなくても、彼の力強いまっすぐな字はすぐわかる。

彼が持ってきて、ここに置いたのかしら？　眠っている私を見たかったの？　私がこの前の晩、彼を見たように。もしかしたら、あのときベッドをともにしたことは、彼にとってもただのセックスではなかったのかもしれない。私に対して支配力を誇示しただけではなかったのかもしれない。そう考えるのは希望的観測にすぎないのだろうか。

ネルはそんな空想を笑い飛ばし、ベッドから出た。もう夜の七時半。パトリックを数時間ほうっておいた。もうこれ以上ほうっておくつもりはない。たとえカルと過ごさなくてはならなくても。ディナー用にヤスミーンはどんなものを買ってくれたのだろうと考えながら、ワードローブを開いてみた。

ヤスミーンがどんなものを選んだにせよ、この国の人々の神経を逆撫《さかな》でしたり、ドレスコードに反するもののはずはない。それでも、内心、あまり飾り気がなさすぎませんようにと願っていた。ばかげているが、カルの前ではきれいに見せたかった。

きれいに？　ほんとうに着たいのは、彼を打ち負かすような服だけれど、そんなことはありえない。

地味なシャツやきちんとしたスラックスに指を走らせる。それから、全身を包むような黒や紺色の長い服があり、ようやくミッドナイトブルーのドレスにたどり着いた。袖《そで》はあるし、足首までおおうほど丈が長いが、形はよさそうだし、その色が自分に似合うのも知っていた。

ネルはドレスを引っ張り出してベッドの上に投げた。それから、すでに開封してつけている、きちんとしたコットンのブラジャーとパンティよりも刺激的な下着はないかと、引き出しの中をさがした。

男性の胸をときめかせるほどではないが、黒のセットが一着あった。ブルーのドレスには合いそうだ。

ネルはシャワーを浴び、髪を洗い、ブローをした。ありがたいことに、一度でうまく整ってくれた。化粧水とメーキャップ用品はバッグの中にあった。緊急事態の間も、奇跡的に手放さずにいたものだ。ネルはカルの国に到着して以来初めて、アイライナーとマスカラを使った。控えめに、だが目を大きく見せるように。それからあまり疲れて見えないように、口紅を引いた。

化粧がすむと、ドレスに袖を通して、驚いた。まるでなにも着ていないように軽い。シンプルなドレスだけど、安くはない！　生地に触れてみた。上質のシルクだ。しかし、鏡に映してみたとき、このドレスがどれほど特別なものかに初めて気づいた。美しい。彼女がこれまで決して自分に使ったことがない形容詞だった。色なのか生地の裁ち方なのか、その両方のせいなのか、すらりとして、エレガントに見える。そしてドレスが体に沿って流れるようにゆれて体の線が強調され、とてもグラマーに見えた。

「すてき」鏡の中の自分を見て、ネルはつぶやいた。

「すてきだ」数分後、カルのアパートメントのドアを開けたパトリックが同じ声をあげた。

「新しいドレスだね、ママ？」

欲しかったのはパトリックの反応ではなかった。息子に返事をしながら、ネルはカルを見て、彼の吟味する視線を感じていた。だから彼と目が合い、その目が欲望で熱く燃えているのを見て、勝利の喜びがわきあがるのを感じたが、すぐに押しつぶした。

カルに欲望を抱かれたくなんかないわ！

ほんとうに？

7

ネルは美しかった。カルは彼女にそれを告げたくて、彼女を抱きたくてうずうずした。しかし、なんと言うべきか、言葉が見つからなかった。

それに、パトリックの前なのを思い出し、十代の少年がそばにいると、やりにくいこともあるものだと初めて気づいた。ネルがどれほど魅力的で、どれほど引きつけられようとも、彼の胸の奥には常に、彼女が彼をだましていたという事実が横たわっている。パトリックを見れば見るほど、息子の成長を見逃したと感じ、ネルに対する怒りがつのった。

「それで、どこに行くの、カル？　カルって呼んでもかまわない？」パトリックはにっこりして付け加えた。「おじさんって呼ぶよりはましでしょう？」

「おじさん？」カルは力なく繰り返したが、パトリックが笑いころげているのを見て冗談だと気づき、ほほえんだ。ネルも小さくほほえんでいた。その目の輝きは、パトリックと同じくらいおもしろがっていても、笑いたくはないと言っていた。

控えめに紅をさした唇に浮かぶほほえみと、落ち着き払ったグレーの瞳の輝きを見て、体の奥から強い欲望がわきあがり、カルを驚かせた。

「カルでいい」彼は言った。エレベーターに向かっていたパトリックが振り向いたのを見て、あまりにぶっきらぼうだったのに気づいた。「ほんとうだよ」少しやさしい口調で付け加え、若者の繊細さをあらためて肝に銘じた。

カルはネルの肘に手をあてて、廊下に導いた。パトリックはクリケットの投球のまねをしながら、二人の前を軽やかに進んでいく。

「彼はサッカーだけでなく、クリケットもやるのかい？」ネルに尋ねたが、態度だけは落ち着いていて、我ながらあっぱれだとカルは思った。

「やっていたわ」ネルは答えた。「パトリックはスポーツ狂なの。でも、鷹狩《たか》りについてもっと学びたいというのが長年の望みなのよ」

彼女はカルのほうを向いてほほえんだ。彼はさらに居心地が悪くなった。

「あなたの鷹のこと、話さなきゃよかった」

「もちろん、鷹は見せるよ」カルは言い、パトリックが投球のまねをやめて、二人が追いつくのを待っているのに気づいた。

「鷹を見に連れていってくれるの？　いつ？」

「あの年ごろは、待ったなしなのよ」ネルは笑いながら言った。カルはこの笑っている美しい女性を見て、頭を振るしかなかった。

女性に関しては慣れていると思っていた。たしかに、病院が大きくなるにつれて責任も重くなり、遊び半分の付き合いに割く時間は少なくなった。しかし妻と離婚したとき、この街に住み、働き、遊ぶ外国人女性には、独身男性がとても人気があるのがわかった。だから、なんのしがらみもない気軽な関係を楽しめる女性を苦もなく見つけることができた。

しかし、ネルとはどんな関係だというのだろう?

まったくわからない! いっしょにいるとき、二人は口論ばかりしている。そのために距離ができているが、今日の昼間キスしようとしたとき、彼女は逃げなかった。

そしてあの夜――あれは何日前のことだったか――彼女は僕に激しく応《こた》えた。ネルはまだ僕になにかを感じているに違いない。たとえ肉体的なものだけだとしても。それなのに、彼女はなぜこんなにも落ち着き払っているのだろう。もう一度あの経験を求めて体が燃えないのだろうか。パトリックがここにいて、欲求不満にならないのか?

ふたたび怒りがわきあがる。カルはネルに向かって顔をしかめ、彼女の笑いが消えたのを見て後悔した。

「今度はなに?」パトリックが先にエレベーターに乗りこむと、ネルが静かに尋ねた。

カルは首を振って、ほほえんだ。彼女の輝くような笑みとは異なり、口角を無理やり上げるのが精いっぱいだった。

「で、どこに行くの?」

パトリックがさっきの質問を繰り返した。カルは自分の性衝動以外に考えることができたのをありがたく思いながら答えた。

「海岸にできた新しいビルの最上階にレストランがあるんだ。自家用機で着陸したとき、アラビア湾が陸に入りこんでいるのを見せただろう？」

「今は摩天楼が立っているところで、よく釣りをしたって言ってたよね？　かっこいい！」

ネルは父と子が話し合うのを見て、胸の痛みを感じた。私は息子の成長を見る機会をカルに与えなかった。彼はそれを決して許さないだろう。それればかりか、パトリックにも父親を与えなかったのだ。私は長い間、間違ったことをしてきたのだろうか。

「ママはときどき、こんなふうにぼうっとするんだ」パトリックが言っているのがネルにも聞こえた。なにを聞き逃したのだろう。

三人はエレベーターから降りようとしていた。そこは煌々《こうこう》と明かりのついた地下だった。カルは先に立って、大きな黒い四輪駆動車へと案内した。

「子供はうしろだ」彼はパトリックに言った。少年はなにか言いたげなそぶりをして命令を受け入れたが、助手席に座ったネルは、自分から後部座席に座ればよかったと思った。車内は文句なしに広々していたが、それでもカルが近すぎて、彼のエネルギーが肌に直接伝わってくるような気がした。アフターシェーブローションの麝香《じゃこう》の香りが五感に染みわたり、十四年間感じたことのない、そして二度と感じることはないと思っていたネルの欲望に火をつけた。

「快適かい？」カルが尋ねた。

「いいえ！」とっさに答えていた。

カルはなぜ彼女がそう言ったのかわかっているとでもいうようにほほえんだが、もちろんパトリックはなぜだときいた。

「ドレスよ」ネルは言った。嘘《うそ》でもあり、ほんとうでもあった。カルのすることなすことが気になるのは、シルクのドレスが体をかすめるせいだとわかっている。ただ、息子に対しては違う言い訳をした。「ここに着いたとき、荷物をなくしたの。だから、ドクター・ヤスミーンが服を買ってきてくれたのよ。このドレスもそう。たしかにきれいだけど、ママはジーンズとコットンのシャツのほうが楽だから」

「それかミニスカートかね」パトリックが思い出させた。「ママの脚はまだかっこいいよ」

「それはどうもありがとう」しわがれた老婆のような声で答え、カルのもの問いたげな視線を無視した。

「ママは夏のクリケットの試合のとき、よくミニスカートをはいてきたんだ。僕の友達が口笛を吹いてはやしたてるようになったら、やめたけど」

どうして私は息子をこんなにあけっぴろげで愛想よく育てたのかしら？　なぜこの子は、

私の知っているティーンエイジャーのように、大人といっしょのときにむっつりと黙りこんでいないの?

「この国では、女性はあまりミニスカートをはかないみたいだね」パトリックは続けた。

「だけど、泳ぎに連れていってくれたら、ママがまだきれいな脚をしているのが見えるよ」

ふと、ある考えがネルの背筋をさざなみのように駆けおりた。パトリックのおしゃべりには、なんらかの意図があるのでは?

まさか私たち二人をくっつけようとしているの? もしそうなら、なぜ?

ネルは自分の愚かさに頭を振った。もちろん、そうすれば、片親ではなく、両親がそろうからよ。

カルがパトリックになにか返事をしたが、ネルは聞き逃した。カルが通り過ぎる名所を指し示しては説明をしているのも聞かず、あらためて頭の中で優先順位をつけようとしていた。まずはパトリックの健康が第一だ。骨髄適合検査について、あらためてカルに話してみなければ。第二は、パトリックの幸せだ。事実、彼が病気になるまでは、それがいちばん大切だったのだ。

それに、パトリックのそばにはずっと父親がいなかった。小さかったから、ガースのことはあまり覚えていないはずだ。なのに、今になって、なぜ欲しがるのだろう。父親、けっこう。とくにこの父親はパトリックの十代後半と青年期にとってとても役に立つだろう。

でも、二人の人生にいつまでも居座るだけだとしたら、必要だとは思えない。

「このビルはビッグ・リグと呼ばれている」カルが言ったとき、ネルは会話に戻った。「夜ライトアップされると、砂漠の中の油田掘削装置《リグ》のように見えるんだ。石油が発見されるまでは、ここはとても貧しい国だった。だから、リグというシンボルはとても大切なんだよ」言葉を切って、付け加えた。「ある人々にとっては」

「あまり確信がないみたいね」ネルは言った。明るい玄関に車をとめると、駐車場係が現れて助手席のドアを開けた。

「いや、いろいろな点で国民のためになっているよ」運転席側のドアも開けられたのに、まだ降りずにカルは続けた。「病院はその一例にすぎない。だが、我々は昔ながらの生活様式を失いつつある。パトリックはミニスカートのことを言ったね。この国の若い娘たちはまだそこまではいかないが、変化とともに価値観が失われる。それが気になるんだ」

カルは車を降り、駐車場係に車をまかせ、歩道でネルとパトリックに追いついた。

「価値観？」ホテルの玄関を通りながら、パトリックが尋ねた。「どういう価値観なの、カル？」

「なによりもまず家族の大切さだよ」カルが言った。「我が民族が続いているのは、家族組織のおかげだ……」彼はパトリックの肩を軽く拳《こぶし》でたたき、訂正した。「我々の民族だな。男が家族の長であり、尊敬される資格を得るという話を君も聞かされるだろうが、民族を結びつけてきたのは、家族の歴史を知っている女性たちなんだ。女性たちは姻戚《いんせき》関係をすべて把握していて、子供たちに誠実さと名誉と品位の大切さを教える。それがあったからこそ、ベドウィン族は何世代もの間、砂漠の辛苦を生き抜いてこられた。女性たちは、男に、我々こそ力を持っていると思わせてくれる。だがほんとうは、我々の生活をコントロールしているのは女性なんだよ」

「うちの家族と同じだね」パトリックはカルに向かって憂鬱《ゆううつ》そうに言った。「おじいちゃんと僕で週末に釣りに行こうとか楽しいことを思いついたとしても、いつもおじいちゃんはおばあちゃんに、僕はママにきかないといけないんだ！」

カルは笑って息子の体に腕をまわし、ネルは二つの頭が寄り添うのを見て、胸がどきどきするのを感じた。カルがパトリックに冗談を言いながら、息子の頭の上で彼女と目を合わせる。その目の中のメッセージが、ネルがさっき感じた欲望のうずきにふたたび火をつけた。

忘れなさい。パトリックがいるんだから、どうすることもできないわ。それでいいのよ。カルとの魅力的で甘美なセックスは、自分の思いどおりにするのに慣れた男性への防御を甘くするだけよ。

「最上階にのぼろう」そう言いながらも、カルの目はネルを悩ませつづけた。まるでどんな効果をもたらしているか、ちゃんとわかっているとでも言わんばかりだった。

エレベーターは三人をすみやかに最上階のレストランに運んだ。レストランの南側は街に面し、北側には闇《やみ》が広がっている。ウエイターがお辞儀をして、彼らを窓側のテーブルに案内した。パトリックは午後に街を少し見ていたので、位置関係がわかるように目印を教えてもらいたがった。

「待ちなさい」カルはネルの向かい側に座り、飲み物と食事を決めるまでのつまみを注文するために、ウエイターに合図した。「さて、上に青いライトがついているビルが見えるかい？」彼はパトリックに言った。「あれが病院だ。今日の午後、僕たちはあそこから車で埠頭《ふとう》まで行った。右側に湾の闇に沿ってライトが見えるだろう。あそこにクルーザーが停泊したり、食料や物資を運ぶコンテナ船が着く。もっと下を見れば、オイルタンカーが荷積みする燃料庫の明かりが見える」

ウエイターが、色の違うさまざまな飲み物をのせたトレイを持って戻ってきた。

「こんなにたくさん！」ウエイターがトレイをテーブルに置いたので、ネルは息をのんだ。

「いろいろな果物のジュースだ。君たちの好みがわからなかったから、全部注文した」カルはパトリックではなく、ネルに向かってほほえんだ。彼女はふたたび彼の魅力に体が異常にふるえ、熱くなるのを感じた。

「これを試してごらん。柿《かき》のジュースだ」

カルがネルにグラスを渡した。指がさりげなく触れる。故意にしているのね。息子の目の前で私を誘惑しているの？　なぜ？　パトリックは二人の関係の障害にはならないと証明するため？

ネルはジュースを飲んだ。違う飲み物を試しては、飲みやすさを十段階で評価しているパトリックのおしゃべりは、半分しか耳に入ってこない。

柿のジュースは甘くて酸っぱかった。飲ませてくれた男性と同じだ。ただし、彼にやさしくされたのは、ずいぶん前のことだけれど。

いいえ、今日の彼はやさしかった。あの男性が死んだと話したとき……。

「解剖の結果はなにか聞いた？」ネルは尋ねた。カルについて思い悩む以外のことに頭を切り替えられてよかった。

「ママ！　食事に来てるんだよ。解剖の話はやめてよ、いい？」

カルはパトリックの文句にほほえんだが、ネルにうなずいてみせた。「今日の午後行われた。結果は、朝には僕のデスクに――」ふいに言葉を切り、彼女に向かってほほえんだ。「実際には、病院に戻るころには僕のデスクにのっているはずだ。パトリックをアパートメントに送ってから、オフィスに行って見てみよう。僕のオフィスはまだ見たことがなかっただろう？」

信じられない！　会話は問題ない。表面上は道理にかなっているけれど、カルは解剖の結果について話しているわけじゃない。彼は私をからかって、誘惑して……挑戦しているのだ。彼と二人きりになれるのかと。

「ほら！」カルが小さなまるい食べ物を指でつまんで差し出しながら、テーブルに身を乗り出し、じっとネルの目を見つめている。

「食べてごらん、ママ。おいしいよ。この小さなパイみたいなものも試せば。これはなんていう名前だっけ、カル？」

カルはパトリックの質問に答えながらも、目は依然としてネルの視線をとらえ、食べ物を口に入れる勇気がないのかと挑んでいる。開いたネルの唇にカルの指先がかすめ、彼女の全身に欲望の炎が走った。

「おいしいでしょう？　中身が変なものだったら教えないでって言ったんだけど、ほとんどの料理は肉や豆や木の実で、羊の目玉とかそういうものじゃないってカルは言うんだ」

「羊の目玉？」ネルは弱々しく繰り返した。吐き気で欲望の炎が少しおさまった。「今それを食べたんだよ、なんて言わないで」

パトリックは笑ったが、カルの答えは一言だった。「僕が君にそんなことをすると思うのかい？」

わからない。そう答えたかった。してほしくなかったことをあなたはたくさんしているもの。

ただ、何年ぶりかで全身に生気がみなぎっているのをネルは感じた。だから、してほしくないと言えば、嘘になる。目やほほえみや誘うような指先で誘惑されたくはないが、それは二人の関係によって状況が複雑になるからだ。複雑になるばかりか、最後には自分が傷つくことになる。二度までもカルを失うなんて、そんなことには耐えられない。

「目を開けたまま眠ってるのかもしれないよ!」

パトリックの声で、なにかを聞き逃したことにネルは気づいた。聞き逃した? 今夜は悪夢に変わりつつある。料理を食べ、飲み物を飲んでいても、頭では愛情関係についてあでもないこうでもないと考え、体はざわついている。これはなに?

欲望よ。冷静な自分が口をはさんだが、それだけでないのは明らかだった。

「ごめんなさい」ネルは言い、パトリックのからかいにようやく応じた。「思ったより疲れているのね。でも、もう大丈夫。なにを話していたの?」

「カルが街の見所を教えてくれてたんだよ」パトリックが言う。「ほら、向こうの街の明かりの端に、大きくて四角い明かりが見えるでしょう? 中に明かりがちらばっている。あれはカルの家族の敷地で、小さな村みたいなものだって。お父さんや兄弟や親戚の家があるし、カルの家もあるけど、カルは病院のアパートメントを使っている。緊急のときに仕事に来やすいからなんだって」

私がもの思いにふけっている間に、カルはそんなにいろいろ説明をしていたの?

ひどく不注意だったのを恥じながら、ネルはおとなしく四角い明かりのほうをじっと見た。

「敷地の外に明るい光が見えるのは、ジンを寄せつけないためさ。ジンっていうのは精霊で、いいのも悪いのもいるけど、むしろいたずらなんだって」

ネルは息子が言う神聖な場所のほうを眺めた。

「私の死んだ患者には悪いジンがついていたのかもしれないわね。光の向こうの闇は湾なのかしら?」

「いいや、あの向こうの闇は砂漠だ」カルが答えた声にひそむなにかで——その言い方で、欲望や誘惑がネルの頭に、そして体に戻ってきた。

出会ってまもなく、二人は友人たちといっしょに週末を過ごすため、海上タクシーでサウス・ストラドブローク・アイランドに出かけた。カルはキャンプの達人だった。一泊目の夜、友人たちがたき火のまわりで飲んでいたとき、二人は島の海側まで歩き、高い砂丘の上に座って海を見渡していた。

月のない夜だった。

「まるで砂漠みたいだ。暗闇だと波頭が砂丘に見える。故郷のようだ」カルが静かに言った。

故郷を思う気持ちの深さを聞き取ったネルは、彼の体に腕をまわして慰め、話を続けさせた。

「音さえ同じだ。砂丘の砂に風が吹きつけると、波がたてるしゅうっという音が聞こえるんだ。君を砂漠に連れていきたいな、ネル。僕の大切な場所をすべて君に見せたいけど、無理なんだ」

カルはネルにキスをし、手を握り、両親と交わした約束について話した。その約束を守らなければならない自分の価値観についても。

「だから、僕たちの間には友情しかありえないんだよ、いとしいネル」カルはささやき、両手を彼女の髪に差し入れて、目をのぞきこんだ。そのとき、ネルにはわかった。二人の間には友情以上のものが生まれると。ほんの少しの愛と喜びと恍惚《こうこつ》が分かち合えたら、それだけで、なにもないよりはましだ。

ネルはカルにそう告げ、その夜、砂丘で、海がたてる砂漠のような音を聞きながら、二人は初めて結ばれたのだ。

ネルは窓からカルに視線を戻した。彼もあのときのことを考えていたのがわかった。かつて二人の間には、深くて強い、情熱的な愛があった。なぜなら、その愛は永遠に続かないとおたがいに知っていたからだ。

8

あるいは彼女がそう思っていただけなのか。カルも同じ気持ちを感じていると想像していただけなのかもしれない。昔なにがあったにせよ、今ここで起こっていることとは別ものだ。カルはパトリックが欲しいから結婚したいだけなのだ。二人の間に今もある抗しがたい引力のようなものを利用し、私を誘惑して結婚する気なのだ。

「それで、私たち、なにを食べるの?」

ネルはきいた。パトリックはメニューに目を通し、英語とアラビア語を比べ、知っている単語を父親に指し示している。

パトリックは理解不能な料理名をまくしたて、全部おいしいはずだよとネルに請け合い、カルを見た。

「いいかな? 高すぎない? ママはいつも自分たちの分は払いたがるけど、休暇をとって植皮技術を見せるために来ているんだから、一回の食事で休暇のお金を全部使わせたくないんだ」

「食事代は僕が払うよ」カルが言った。この件に関して、これ以上の議論を禁じる声だった。そしてネルに向けた目にはふたたび怒りが満ちていた。

幸いパトリックは、少年特有ののんきさで、テーブルの雰囲気が変わったのにも気づかなかった。食事の間中、陽気にしゃべりつづけ、料理や街や人々の暮らしぶりについて、カルに質問しつづけた。

料理はおいしかったが、ネルは楽しめなかった。テーブルの向かい側の男性の変化を意識し、パトリックの無害な言葉のなにが、彼を元の傲慢《ごうまん》なカルに戻したのかと頭を悩ませつづけた。

ようやく食事が終わり、三人は外に出た。ネルはパトリックより先に後部座席にすべりこもうとした。

「だめだよ、ママ。カルといっしょに前に座って。僕はうしろに座って、家族のふりをするんだ。ママとパパと、うしろに子供が乗っているのさ」

パトリックはただしゃべっているだけよ。ネルは自分に言い聞かせたが、カルのきびしい横顔を見て、息子のおしゃべりがさっきより彼をいらいらさせているのがわかった。

車が地下駐車場のパーキングスペースにとまった。パトリックが外に出て、助手席側のドアを開け、ネルが出るのを待って抱きついた。

「最高に楽しいよ」パトリックがささやき、息子を気づかってくれるカルに対して無作法だったことに、ネルはふたたび罪の意識を感じた。

「よかったわ」ネルは息子に言った。

「ところでパトリック、テレビのチャンネルはチェックしたかい？　アラビア語の放送局が二つあるよ。あとは全部ケーブルだから、アメリカとイギリスの番組はほとんど見られる」エレベーターで上がりながら、カルが言った。

パトリックは見てみると答え、あくびをした。「でも、今夜はテレビは見ないかも。バスに轢《ひ》かれたような気がするのが時差ぼけだとしたら、まさに僕は時差ぼけだ」

「バスに轢かれた？」ネルはたちまちパニックになった。「この前の血液検査は大丈夫だったの？　いつ検査したの？　しなかったの？　しこりは？」

パトリックが彼女の両肩に手を置いた。「大丈夫。ママは心配性だな。空の旅で疲れただけさ。午前中寝てたけど、まだ寝たりなかったんだよ」

パトリックはかがんでネルの頬にキスをし、さっと抱き締めた。カルは不可解な表情でエレベーターのドアを開けたまま、二人が降りるのを待っていた。

アパートメントまで歩いていき、パトリックのあとからドアを入ろうとした彼女をカルが引きとめた。

「解剖結果が僕のところにあるのを忘れているよ」

ネルはカルを見たが、彼の顔からはさっき彼女を誘った欲望は消え、無表情な仮面に変わっていた。

「私も疲れたわ。朝読むことにする」

「朝になったら、ファイルに入れられてしまう。もしも顧問医があの患者の死に関係があるとしても、それを知ることはできなくなるぞ」

脅迫とは言えないまでも、オフィスについてくる勇気はないのかと彼は挑んでいる。なぜなの？

ネルはパトリックのほうを見やった。彼は疲れていると言い訳したにもかかわらず、リモコンでテレビのチャンネルをあれこれ変えている。

「行って、恐ろしいものを読んできなよ」パトリックはテレビの画面から目を離さずに言った。「僕は隣のベッドルームに荷物を入れたから、見るものがなかったら、ベッドで本でも読むよ」

だが、ネルはまだ躊躇《ちゅうちょ》した。

「こわいのか、ネル？」彼女にしか聞こえないようにカルがささやく。

「あなたのことが？　まさか！」

ネルはパトリックのほうを向き、おやすみの投げキスをした。

「私が戻るまでにあなたが寝ていたときのためよ。朝もまだ寝ていたら、電話番号を書いておくわね。起きたら、電話してちょうだい」

「ああ、朝のことは心配しないで。カルと僕は朝早く出て砂漠に行くんだ」パトリックが元気よく言う。

「まあ！　それじゃ、楽しんで！」怒りで喉が締めつけられながらも、ネルはなんとか返事をした。ドアを閉めて、カルに面と向かう。この男性はテーブルの向こうから私を目で誘惑し、今は息子を誘惑して取りあげようとしているんだわ。「そんな遠征のこと、いつ決めたの？」ネルは怒りのあまり、またカルの胸を拳《こぶし》でたたきたかった。

「今日の午後だ。パトリックが食事のときに話したが、君は聞いていなかったんだろう」

「それで、その砂漠の気晴らし旅行はどのくらい長いものなの？　血液検査は受けられる？　薬をちゃんとのませてくれる？」

カルはネルの肩に両手を置き、顔を見おろした。

「僕が彼にちゃんと薬をのませないと思うのか？　やっと見つけた息子を病気で失うほど、僕が無神経だと信じているのか？　僕のことをそんなふうに思っているのか、ネル？」

ネルは離れようとしたが、カルにきつくつかまれていた。

「あなたのこと、どう思えばいいのかわからない」ネルは言い返した。「傲慢さ、態度、ころころ変わる気分、ぜんぜん理解できない。今夜だって……今解剖報告を読め、さもなきゃ忘れろって！　まるで脅迫じゃないの、カル。どうしてなの？　なぜ病棟のオフィスに私宛《あて》のコピーを置いておけないの？　なぜ今来いとせっつくの？」

「わからないのか？」カルは問いかけ、燃えるような目でネルの目をのぞきこんだ。さっきの欲望は消え、なにかわからない感情が見えた。

彼女を不安にさせるなにか――恐ろしくはないが、用心深くさせるなにかだ。

「ええ、わからない！」カルが手をゆるめたので、ネルはなんとか逃れた。「でも、せっかくここにいるんだから、終わらせてしまいましょう」

彼女は病院に向かう廊下を歩きだした。

ネルの怒った速い歩調はすぐにカルに追いつかれたが、彼は彼女をとめもせず、話しかけもしなかった。ただ隣を歩いてエレベーターに戻り、降りる階のボタンを押し、彼女を導いて外に出て、廊下を歩いた。

やがてカルはドアの前で足をとめ、鍵《かぎ》を取り出し、ドアを開けてネルを先に入らせた。そこは彼のオフィスの控えの間のようだった。少人数のスタッフミーティングなら楽にできるだろう。窓のそばには長いソファがあり、いくつかの袖《そで》つき椅子がコーヒーテーブルのまわりを囲むように置かれている。中のドアの近くに、秘書か個人アシスタント用の装備一式をのせたデスクがあった。

彼は控えの間にネルを駆り立て、袖つき椅子の一つを指さし、命令した。「座りなさい！」

ネルは椅子のほうに動いたが、座る前に振り向いた。「お願いもするべき？」

カルは一瞬彼女を見た。そのとき、仮面にひびが入り、ほほえみが彼の顔を輝かせた。ネルの背筋をふるえが駆けおりた。

「あとでだ」絹のようになめらかに言った。「ずっとあとだ。今は話をしよう。紅茶かコーヒー、酒がいいかな？　来客のために少しは用意してある」

ネルはかぶりを振った。ここで起こっていることにじゅうぶんぴりぴりしていた。酒など飲んだら、もっと緊張してしまう。

ホストとしての義務を果たしたことに満足したらしく、カルはネルの前の椅子に座り、身を乗り出した。二人の間の距離が手を伸ばせば届くほどになり、ネルの緊張がさらに増した。

「君は僕を怒らせるためにやってきたのかい、ネル？　僕がオーストラリアを去った罰なのか？　妊娠したからか？」

カルは答えを待つように言葉を切ったが、ネルは質問の意味がわからず、答えられなかった。

「私がいつあなたを怒らせたの？」

「いつも怒らせているじゃないか」カルは自分の怒りの一端を口にした。「君は休暇をとって、ここに来た。パトリックがそう言っていた。有給でさえない！　それで僕が平気だと思ったのか？」

「でも、そう言ったのはパトリックで、私じゃないわ」ネルは反論した。「それに私が休暇をとってここに来たのは、個人的な理由もあったからよ。実際、私にとっては、そっちのほうが大事だった。だから、給料をもらおうなんて、フェアじゃないわ」

こんなに純真な人間がいるとは信じられない。ネルをゆさぶりたいのをこらえるためにカルは立ちあがり、ストレスを減らすために部屋の中を歩いた。

「世の中の人間は皆、全額給料をもらって仕事関連の旅行に行き、個人的なことをする。そのくらい知っておけよ。会議に参加したことはあるだろう。参加者の半分は講義を受けずにゴルフをしていて、もう半分はたいがい二日酔いになっている」

「会議にはあまり行かないの」ネルは静かに答えた。パトリックのせいで行かないのだと気づき、カルはよけいに腹が立った。

「僕が言いたいのはこうだ。あの子は食事代の半分を君が払うべきだと思って、いくらかかるのか心配していた。君が僕の息子の子育てと仕事をやりくりして苦しんでいるのを見て、僕がどんな気持ちになると思う?」

ネルはカルを見あげた。目を大きく見開いて、とまどったような顔をしている。

「カル、産もうと決めたのは私よ。だから、パトリックのことは私の責任だわ。それを後悔したことはない。そして、そう、ときには大変だったけど、あの子はさほど高価なものを欲しがったことはないし、甘やかされてもいないわ。あの子はお金の価値を知っている。

なんでも欲しいものがもらえるとは限らないのもわかっている。私が買わないものは、自分でお金をためて買うしかないの。あなたがお金をくれていたら、私の育て方が変わっていたと思う？　そんなことはないわ！」

「それでも、君が無給だという事実は変わらない。君は僕の病院でただ働きをしているんだ」

「私は医者よ。それが私の仕事。でも、それであなたの気分がよくなって、このばかばかしい会話を終わらせられるんだったら、給料を払って。従業員名簿に載せて、ヤスミーンと同じ給料をちょうだい。さあ、それじゃ、解剖報告書を見ましょうか？」

「そんな理由で君をここに連れてきたと本当に信じているのか？　報告書が僕のデスクにあるなら、君のデスクにもコピーがあるはずだ。極秘としてあるが、病棟内の先輩医師として、ヤスミーンとは相談してもかまわない」

「あら、そういうことなら、失礼するわ」ネルは宣言し、カルの質問を無視して立ちあがった。今にも立ち去りそうに見えた。

「ネル？」

　彼女はカルを見て、椅子に座りこんだ。「わかったわ」頬が赤らんだが、目はカルの視線を挑戦的に受けとめている。「最初にあなたがここに解剖報告書を見に来ようって言ったとき、二人きりになるための策略だと思ったの。おたがいに肉体的に惹《ひ》かれる気持ちはまだ強いわ。それを認めなかったら、嘘《うそ》になる。二人でそれをどうにかできると考えるのは魅力的だった。でも夕食の間、私は二人の関係について考えていたの。愛についてよ、カル。あのとき、あなたは私を愛していると思っていた。もちろん私は愛していたわ。私は一度、愛のない関係を結んで失敗した。だから、もう二度とそんなことはしない。どんなにセックスが楽しいものだとしてもね」

「愛か！　愛を語るのか？　愛とはなんだ、ネル？　量で表すか、定義してくれよ。ああ、昔は愛していると信じていたさ。しかし、君に感じていたのが愛なら、もう二度とあんな感情は経験したくないと言わせてくれ。後遺症は核廃棄燃料よりも有害だったよ。おかげで僕がどうなったか話そうか？」

ネルは答えなかったが、いずれにしても彼は話した。毎晩枕《まくら》に顔をうずめて涙に暮れていた若くかわいらしい花嫁は、不幸のせいで妊娠できず、妊娠できないせいで、さらに不幸になったと。

「僕は彼女に対して思いやりを持ち、やさしく接した。幸せにしようとあらゆることをしたんだ、ネル。しかし、心の一部分は彼女に見せず、隠していた。彼女にはそれが本能的にわかったんだ。真相を突きとめようとはしなかったが、そのせいで自分が軽んじられていると感じ、しまいには実家に戻ってしまった。両家は苦しみを、僕の家は不名誉をこうむった。今、彼女は勉強し、いつかは大学で教えたいという希望を持っている。哲学だよ、ネル！　哲学にも愛が含まれているのか？」

つらいわね。ネルは悲しく思った。ただ、カルをそのままにしておくつもりはなかった。

「すべてに愛は含まれているわ。さもなければ、含まれているべきよ」顎を上げて、この点で譲る気はないのを態度で示しながら、ネルは言った。「愛は人と人との間にあるものだけじゃないわ。自分の内にある温かい感情なの。あなたの元の奥さんが学んだり教えたりすることを楽しんでいるなら、おそらく彼女は仕事に対する愛の中に温かさや慰めを見いだしているのよ。あなたにとってと同様、彼女にとって結婚は好ましいものではなかったんだわ。でも、私の愛に対する信念に難癖をつけるのはやめてちょうだい、カル。愛は私の人生に最高の思い出と愛する息子を授けてくれたわ。どうしてそれを信じずにいられる？」

ネルはふたたび立ちあがり、ドアのほうに向かった。今度はカルもとめようとしなかった。彼が無言なのがネルはありがたかった。胸がどきどきして、なにも答えられそうになかったのだ。ドアを開けて振り返りたかったが、カルを見るのは危険だと思ったので、前を向いて進んだ。

「僕たちはそれでも結婚するんだ！」

その言葉が廊下に響き、ネルはカルを見たくないのも忘れて、振り向いた。

彼は戸口に寄りかかり、ゆるぎない決意を顔に浮かべていた。

「冗談でしょう！」ネルはぴしゃりと言った。

「とんでもない。パトリックは僕の息子だ。君は僕の妻になるんだ！」

「いったい今は何世紀だと思っているの、カル？」ネルは真剣さが伝わるように彼のそばに戻った。「妻になれだなんて、本気？　それからどうするの？　らくだに乗せて砂漠に連れ去るつもり？」

「いや。だが、息子のために君と戦う。どんな国のどんな裁判所においても君と戦う。そして僕のほうが彼によりよい生活を与えることができると証明する。しかも、彼はもうじき十四歳だ。裁判官は彼の意見を聞くだろう。それに君は仕事をしている間、彼の面倒を見る仕事を僕に与えた。僕が差し出せるものを見たあとで、彼がオーストラリアでの単調な生活に戻りたがると思うかい？」

心臓発作でも起こしたのではないかと思うほどの強い痛みに胸を締めつけられ、ネルはかたわらの壁に手をついた。

「あなたがそんなことを？　私にそんなことをする気なの？」ネル自身の耳にさえ、哀れな猫の鳴き声のように聞こえたが、カルは動じなかった。むしろぜったいに譲らないという表情をしている。

「君は長い間、彼を僕から隠していた」冷たくよそよそしい声で、ネルに思い出させる。

「ああ、僕はするよ」

ネルは背を向けて歩み去った。壁に手をついて体を支えたかったが、どれほど打ちのめされているかをカルに見せるつもりはなかった。エレベーターに手を伸ばし、一瞬、壁に寄りかかった。どうすればいい？　動揺して、まともに考えられなかった。

アパートメントには戻れない。パトリックが起きていたら、動揺しているのを悟られる。食堂にはコーヒーがあるだろうが、二十四時間営業しているかどうかはわからないし、コーヒーでさらに神経がぴりぴりするかもしれない。

病棟だわ！　いずれにせよ、解剖報告書を見なければならないのだし。医局で静かに読もう。さもなければ、頭の中を整理しながら読むふりでもしよう。


病棟は静まり返っていたが、そうせずにはいられなくて、ネルがベッドからベッドへとチェックしていくと、数人の患者は目を覚ましていた。痛みのために眠れないのだ。新しい術後患者が三人いるのがわかった。植皮を受けた手足に添え木をあてられ、動かないように包帯で巻かれていたからだ。顔に受傷した若い少女は眠っていたが、今やなじみとなった黒いベールで全身をおおった女性が彼女のかたわらに座っている。

ネルは彼女に向かってほほえみ、女性の目がマスクの上でほほえみ返した。

「皮膚は治りつつあるわ」ネルは穏やかに言い、少女の頬をじっと見つめた。女性はうなずき、少女の腕に軽く触れた。

「心は時間がかかるでしょうね」聞き取りやすい英語で女性は言った。「私はこの子のおばなんです。父親や母親の代わりにはなれないけれど、やってみます」

「あなたなら、きっと立派にやれるわ」ネルはささやいて、病棟を出た。これ以上感情的な場面に遭遇したら、赤ん坊のように泣きだしてしまいそうだった。

英語で書かれた解剖報告書がデスクにのっていたので、ネルは椅子に座りこんで目を通しはじめた。だが、ほんとうに読んではいなかった。

〝多量の体内出血〟という箇所まで来て、最初からまた読みはじめた。心臓顧問医は男性の大腿《だいたい》部の動脈からカテーテルを入れ、左心室まで通し、心室の隔膜の小さな穴を閉じた。だが、カテーテルの端についた器具を引き抜く際に、動脈の壁を軽く傷つけたのだ。とても小さい穴だったので、本人も放射線技師も気づかなかった。

そして動脈の壁から血液が染み出して、脚に届く血液の量が減ったため、脳が心臓にもっと激しく動けと命令し、さらに血液がもれ、穴が広がった。その結果、胸の空洞にたまった血液が肺を圧迫し、事実上心臓を締めつけて、死にいたったのだ。

医療の世界でも事故は起こる。ネルはそう自分に言い聞かせたが、自己満足していた顧問医に対する怒りが頭をもたげるのをとめられなかった。彼をどうこうしようというのではない。患者の権利のために戦う親戚《しんせき》もいないのだ。患者の死は記録され、解剖報告書はファイルに入れられ、それでおしまいになる。

私が彼の代わりに訴えれば、話は別だけど！

そしてこの病院にトラブルを起こすの？　ヤスミーンも巻きこむことになる。彼女が示してくれた友情に、そんなふうに報いていいの？

そうした疑問を熟考して行きづまっていたとき、オフィスのドアが開いて、カルが現れた。

「ここにいると思ったよ」彼は言い、自分の分の解剖報告書のコピーを彼女のほうに振った。「もちろん法律上の意見は必要だが、顧問医に責任があるのは明白だ。ただちに停職にして、ほかにどんな手段がとれるのかを検討するよ。彼の死をただの不幸な事故として片づけるべきではない」

「だけど、法的な行動を起こせば、病院も男性の死の責任を問われるでしょう」ネルは言った。

「だから？」

ネルはカルを見つめた。耳にしたことが信じられなかった。これこそ、かつて知っていたカル、真実と名誉をとても重んじる男性、病院に損害を与える危険を承知で追及する男性だ。愛を否定して、ネルを傷つけたのはほんとうなのかもしれない。もしかしたら彼は、ネルが愛と呼ぶ感情など破壊的な力にすぎないと信じているのかもしれなかった。

「聞いているのか？」カルは尋ねた。

「あまり」ネルはかぶりを振って認めた。「彼の死を不幸な事故として片づけるべきではないとあなたが言ったあとは、ぼうっとしちゃって。あなたが入ってきたとき、私も同じことを考えていたの。でも、どうしていいかもわからないし、なにかできるのかさえわからなかったの」

「僕がなんとかする」カルは約束し、ネルに目を向けた。レストランで気まずくなって以来初めて、彼の顔がやわらいだ。

「ここに来て数日、君は僕に寝ろと言っていたね。今度は僕が言う番だよ、ネル。疲れた顔をしている」彼は言葉を切り、唇に残念そうな笑みを浮かべた。「美しいが消耗している」

カルが手を差し伸べた。

「おいで。アパートメントに送ろう。僕のじゃなくて、君のね。議論はまだ終わっていないけど！」

ネルはカルの手をとり、立ちあがらせてもらい、ありがたく彼の腕に支えられながらアパートメントに戻った。肉体的にも感情的にも疲れきり、足取りもおぼつかなかった。それに、決意もぐらついていた……。

寄りかかれる誰かがいるというのは、とても魅力的な考えだった……。

9

カルは助手席に座るパトリックに目をやった。少年は窓の外を眺めながら通り過ぎる建物について尋ねてくる。横顔や正面の顔にネルに似たところをさがそうとするたびに、若いころの自分が見えた。

いつの間にか街は背後に消え、道路は砂漠の中へと一直線に伸びていた。

「わあ！　本物の砂漠だ」パトリックの言葉に、カルはほほえんだ。

「わき道に入るまで待っててごらん。文明がこんなに近くにあるとは信じられないよ」

パトリックはおしゃべりや質問攻めで理解力と知性を見せ、ハンドルを握るカルを驚かせつづけた。そのとき小さな標識が目に入り、カルは指さして言った。「タイヤの跡が幹線道路からそれているところをさがしてくれるかい？」

「たった今あったよ。かすかで、本物かどうかわからないくらいのが」パトリックが言った。

「砂が常に動いているからだよ。砂漠の砂は海のように、いつも動いているんだ。さあ、降りよう」

二人は車の前に歩いていった。そこでカルは、砂のやわらかい層の下の、よく使われている固い道を手でさがす方法を教えた。次にこの先、砂の中でわずかな印にしか見えない道を指し示した。

「だが、これは砂漠を知らない人間のやり方だ」車に戻りながら、カルは説明した。「ここに住む我々は、常に自分の位置を承知している。太陽から羅針盤の方位を見つける方法は知っているかい？」

「腕時計を太陽の方向に向けるんだっけ？」

カルはふたたび車をとめ、腕時計でやってみせた。

「砂漠では」また運転に戻りながら付け加える。「幹線道路が東西に一直線に走っていると覚えておけばいい。僕たちは南にそれたから、北へ行けば、どこかで道路にぶつかるわけだ」

それは基本的な砂漠の知恵で、カルはそれからもいろいろなことを息子に教えた。

「そしてこれはGPS、全地球測位システムだ。常に自分がどこにいるか座標を教えてくれる。メニューには町、オアシス、ビーチ、キャンプが入っている。僕たちはキャンプに行くから、それを選んで」

カルが運転している間、パトリックはGPSで方角を調べ、黒いテントが張られているところまで来ると、うれしそうに叫んだ。「キャンプ?」

「そうだ」カルは答えた。息子といっしょにいることで大いなる満足と喜びを感じ、痛いほどだった。

しかし、頭ほどではなかった。カルの頭は激しい痛みでずっとずきずきしていた。寝不足のせいだとわかっていた。夜はオフィスで過ごし、手紙やメッセージを秘書に口述したり、病院内のさまざまな部門のマネージャーにメモを残したりしていた。

幸い、テントは部下が張っておいてくれたし、コックが食べ物を用意して車の冷蔵庫に入れてくれた。だからカルはそこから昼食を選び、今夜の主食の肉を焼く火をたくだけでいい。パトリックが期待していたキャンプとは違うかもしれないが、カルは息子とできるだけ長く過ごしたかった。

彼は暗くひんやりとしたテントの中に入った。床に絨毯《じゅうたん》が敷かれており、隅に白い服の山がある。

パトリックがあとから入ってきて見まわし、砂の上に広げられた絨毯に感嘆した。

「ここに来たら、僕は西洋の服を脱ぐんだ」カルは息子に言った。「僕がカンドーラ——この長い服を着て、かぶりものをつけたら、いやかい?」

「すごいや。僕も着ていい? シークとかあなたみたいに特別な人じゃないと着られないの?」

カルは笑って、服の山のところに行った。

「君も着ていいんだよ。よければ色物のかぶりもの――赤と白か白と黒のチェックにしたらどうかな。だが、僕はここでは白だけしか着ないんだ」

忙しく、心身ともに疲れる一日の始まりだった。石油によって生活が変わる前に、カルの国の人々がどのような暮らしをしていたのか、パトリックは知りたがった。運転を習いたがり、それから大きく安全なオートマチック車で砂丘をのぼったり下ったりし、たき火で夕食を料理したがり、自分はバーベキューの達人だとカルに請け合った。

頭が痛かったので、カルは息子に料理をまかせた。頭痛は一日中続いており、今では熱も出てきたようだ。ふるえているのを息子に隠していたが、街に戻るべきだとはわかっていた。

パトリックはたき火の上の重たいグリルで肉と野菜を調理し、皿を運んだ。カルがテントの前に絨毯を敷いておいたのだ。あぐらをかいて、ナイフとフォークではなく指で食べる、ベドウィンのやり方を手ほどきするということだった。ところがカルはそこに横たわり、話しかけても返事をしなかった。

「カル！」

パトリックは大あわてで父親の肩をゆすったが、常識を取り戻し、学校で習った応急処置法を思い出した。父親の喉の血管に指をあて、脈が打つのを感じて、安堵《あんど》のあまり泣きそうになった。

パトリックは父親をその場に残し、車へと走り、ギアを入れて発車させ、うっかり父親を轢《ひ》いてしまいませんようにと祈った。

それから後部ドアを開け、カルの重たい体を抱えあげ、自分の力に自分で驚き、心臓をどきどきさせながら、つぶやきつづけた。「お願い、死なないで」

どうにかこうにかカルを車に乗せ、たき火に足で砂をかけ、車に駆け戻って方向転換し、また祈った。街に戻る幹線道路に出ますように、と。

最初の砂丘の頂上に出たとき、地平線に光が見えた。安堵感が洪水のように押し寄せた。あの光に向かって走っていけばいいのだ。あれが街に違いない。

二十分後、車は幹線道路に出た。カルはときおりなにごとかつぶやくものの、パトリックが話しかけても反応しなかった。だから父を救おうと、パトリックは運転しつづけた。

街が近くなってきた。まだ運転がうまくなく、往来の中で大きな車を扱ったこともないので、彼は街に入る最初の大きなロータリーの道端に車をとめ、ハザードランプを点灯した。それから外に出て、着ていた白いローブを脱ぎ、注意を引くために振った。

大きなセミトレーラーがパトリックの前でとまり、運転手が走ってきた。早口でまくしたてられて理解できなかったパトリックは、相手の腕をつかんで車に引っ張っていき、父親が横たわっているところを指さした。カルの呼吸は今やとても大きく、きしるような音をたてている。彼が死んでしまうのではないかとパトリックは恐ろしくなった。

幸い、男はすぐにトラックに戻り、数分後引き返してくると、英語で〝救急車〟と何度も繰り返した。

するとまもなく救急車がサイレンを鳴らし、ライトを点滅させてトラックの横にとまり、救急医療士たちがころげるように飛び出してきた。

「僕の父なんです」パトリックは言った。ほっとして声がふるえ、喉に大きな塊がこみあげた。

ところが、男たちはカルがアル・カラーダ家の人間だとすでに知っていた。その名がうやうやしくささやかれ、応急処置がさらに迅速に行われた。

「来てください」カルが救急車に運びこまれ、救命士の一人がパトリックに言った。

「我々といっしょに」

車を乗り捨てて、パトリックは救急車に乗りこんだ。ほかの人々に父と運転をまかせられて、ほっとした。

空っぽのアパートメントに戻りたくなかったので、ネルは熱傷部門の医局にとどまり、患者全員の検査結果を調べ、必要に応じて食事の処方を変え、どの患者が口から食事をとれるようになっているかを見極めた。医局のガラス窓ごしに、廊下の往来があわただしくなってきたのを感じて、彼女は顔を上げた。職員たちがあちこちで小さく固まって、興奮気味に話し、手を振っている。

「なにかあったの?」若い病棟ヘルパーが夕食を運んできてくれたので、ネルは尋ねた。

娘はアラビア語で説明しかけ、一瞬考えてからゆっくりと英語で話しはじめた。「シークが、砂漠で病気です。男の子が車で街に運びます。今救急車が彼をここに運ぶ」

この病院でシークといえば、一人しかいない。

でも、カルが病気で、男の子が街に運んだ? パトリックが? あの子は運転できないわ!

「今どこにいるの? 男の子はどこ? カルは――シークはどうしたの? なんの病気?」

娘は肩をすくめた。ネルの矢継ぎ早の質問は彼女の限られた英語能力を超えていたらしい。

ネルは英語のわかる人間をさがそうとしたが、誰にきいても、それ以上のことはわからなかった。

救急車が緊急救命室《ER》に直行するのを思い出し、数回間違えたあげく、到着した夜に長時間過ごした場所になんとか行き着いた。

パトリックは壁際のベンチに座っていた。ぽつんと取り残され、ひどく取り乱しているように、ネルは胸が張り裂けそうになった。

「ああ、ママ！」ネルが近づいていくと、パトリックは叫び、立ちあがって彼女をしっかり抱き締めた。緊張が解けて、全身が細かくふるえている。「ママに電話してもらおうとしたんだけど、わかる人がいなくて。カルをここに残して、さがしに行けなかったんだ」

パトリックはしゃくりあげた。ネルは彼のやせた体を抱き締めた。息子をこんな目にあわせたカルに対する怒りがこみあげるが、彼はわざとしたわけではない。病気なのだろうか？

ネルは息子の肩を軽くたたき、少し体を離した。

「カルはどんな具合？　なにがあったの？」

思い出してあらためてパニックを起こしたのか、パトリックの唇はふるえはじめた。カルの命が自分の落ち着きにかかっていたので、さっきはパニックになるわけにはいかなかったのだ。

「急に倒れたんだ。頭が痛いって言っていたから、なぜ薬をのまないのってきいたら、砂漠の風で治るかもしれないから、ようすを見ようって。街にいると、よく頭痛がするって言ってたよ。だから僕がバーベキューをして、肉を持っていったら、彼がそこに横たわっていたんだ」

「あなたが車で連れてきたの。どうやって？」カルのために不安でいっぱいになりながらも、ネルは尋ねた。突然倒れた？　脳卒中？　脳腫瘍《しゅよう》？　考えられる診断が脳裏を駆けめぐった。しかし、パトリックは今彼女を必要としている。経験した精神的ショックをすっかり吐き出させてやる必要がある。

その朝、カルが運転を教えてくれたこと、砂丘で練習したことをパトリックは説明した。ネルはふたたび息子を抱き締め、彼の勇気と、街に近づいたとたんに助けを求めた機転をほめた。息子の体を放したとき、ＥＲへのドアを通って一団の人々が入ってくるのが見えた。白いローブを着た長身で堂々としたようすの男性が、ベールをつけた小柄な女性を導いている。二人のうしろには、白いローブ姿の男たちと黒いローブを着てベールで顔を隠した女たちの群れが続いていた。

病院の職員がどこからともなく現れ、到着した一団をうやうやしいイスラム式挨拶《あいさつ》で迎えた。

「ママ、行こう」パトリックが言った。その一言にパニックが聞き取れた。

ネルは息子の肩を抱き、来た方角に引き返した。

「いつか彼らもあなたに会いたがるわ」注意深く言った。「お礼を言うためだけでもね」

「たぶんね」ずっと緊張を強いられてきたことを示すようにパトリックの声が割れた。

「でも、やっと父親がいることに慣れたんだ。親戚《しんせき》が増える覚悟はまだできてないよ。それに、カルはみんなに僕のことを話してないかもしれない。もう結婚していないし、ほかに子供はいないって言ってたけど……」

ネルは息子が言いかけたことがわかった。カルはパトリックを家族に紹介すると話したが、すぐにではないだろうとネルも思っていた。

「彼、どこが悪いの？」エレベーターが二人の部屋のある階までのぼる間に、パトリックがきいた。

「わからないけど、いちばんいい場所で腕のいい医者に恵まれているんだから」

「でも、カルの状態を調べてくれるよね、ママ？」

ネルはそうすると約束したが、部屋に入ったとたん、パトリックが食事をしていないのを思い出し、食堂に電話して食べ物を頼んだ。そのとき初めて、息子がショートパンツしか着ていないのに気づいた。

「僕はカンドーラを着ていたんだ。白いガウンみたいなものだよ。だけど、脱いで車に向かって振ったんだ。道路のわきに置いてきちゃったんだね。カルのなんだ。怒らないといいけど」

「怒らないわよ」ネルはなだめた。「でも、食事を待っている間にシャワーを浴びて、パジャマを着なさい。いずれにしても大変な一日だったんだから」

パトリックがシャワーを浴びている間に、ドアをノックする音がした。注文した食事が運ばれてきたのだと思い、ネルはドアを開けた。するとそこには、さっきERで見かけた白いローブ姿の長身の男性が立っていた。

男性が手に持った琥珀《こはく》色の数珠玉を指でまさぐるたびに、かちかちという音が聞こえた。ネルはただ立って見つめることしかできなかった。この人物はカルの父親――重要人物であり、統治者なのだ。その人物がネルになんの用があるのだろう。

「カリルが意識を取り戻したことをあなたも知りたいだろうと思ったのですよ。数年前アフリカでかかったマラリアが再発したようだ。しかし少年の機敏な行動のおかげで、迅速に治療してもらえた。非常に弱っているし、二、三日入院しなければならないが、彼は回復するでしょう」

自分でも気づかなかった恐怖が去り、安堵感が押し寄せるのをネルは感じた。

「わざわざ知らせてくださってありがとうございます」中に入れと勧めるべきかどうか、男性がなにを知っていて、なにを知らないのか、ネルにはわからなかった。

しかし男性は、ネルが黙っていても苦痛ではなさそうだった。彼はそこに立ち、数珠をかちかちとまさぐり、彼女の背後の一点を考え深げな目で見つめていた。そしてようやく視線をネルに戻した。

「カリルの息子ですね、あの少年は？」

ネルがうなずくと、男性がうなずき返した。

「カリルは近々話したいことがあると言っていました。もちろん私は昔からあなたを知っています。ただ、子供がいるとは知らなかった」

非難している口調ではなかったので、ネルは涙ぐみながらも、涙をこらえて説明した。

「カルも知りませんでした。彼が結婚するのを知っていたので……彼に告げて、すでに決められたことを、彼が同意したことをだめにするのはフェアじゃないと思ったんです。彼の結婚がご家族にとってどれほど大事か、彼にとって家族がどれほど大事かも知っていました。だから彼に告げて、家族との間を裂くようなことはできませんでした」

「あなたは困難な道を選びましたね。しかし、あなたは彼を立派に育てた」

ネルは肩をすくめた。この奇妙な会話にこれ以上耐えられる自信がなかった。そのときパトリックが廊下から顔を出し、余分の歯ブラシはあるかときいた。彼の歯ブラシは砂漠に置いてきたバッグの中にあるのだ。パトリックは訪問者を見て足をとめ、一瞬ためらってから、近寄ってきた。

「カルのようすは聞いた?」パトリックは訪問者に会釈してから、母にきいた。

「意識を取り戻したそうよ」ネルは息子に言った。「それに必要な治療はすべて受けているわ。数年前アフリカでかかった病気がぶり返したのよ」

訪問者の言葉をおうむ返しに繰り返しているだけなのはわかっていたが、男性はカルの父親だろうと推測はしたものの、自己紹介をしないので、パトリックに紹介するわけにもいかなかった。

幸い、男性はみずから行動を起こし、パトリックに深くお辞儀をして、額に手をあてた。

「私は君の祖父だ」彼は正確な英語で言った。「長い間会えなくて、残念だった」

驚いたことに、パトリックは作法を知っているかのように深々とお辞儀をした。

「僕はパトリックです」突然大人らしくなった息子が言った。「お会いできて光栄です」

そう言うと、手を合わせて前に進み出た。男性はパトリックの両肩をつかんで引き寄せ、パトリックの鼻と鼻を触れ合わせた。男性の親戚や親しい友人との伝統的な挨拶だった。

「偉かったぞ。オーストラリアではそんなに若いときから運転をするのかね?」

パトリックは新しい親族に向かって笑顔を見せた。「いいえ。でも、カルが今朝教えてくれました。それに車はオートマチックで、ほとんど勝手に走ってくれます。街の明かりが見えなかったら、迷っていたでしょうけど」

「よくやった」男性は低く誠実な声で繰り返し、ネルのほうを向いた。「この少年という贈り物をくれたあなたに感謝します。また明日の朝、うかがいます」それだけ言うと、男性は背筋を伸ばして歩み去った。地位の高い人物なのに、偉そうな態度はみじんも見せなかった。

「すごい!」

パトリックがネルの反応を言葉に出した。ドアを閉めようとしたとき、職員が食事をのせたワゴンを押して廊下をやってくるのが見えた。

翌朝、ネルが病棟に出かけようとしていたとき、パトリックはまだ眠っていた。しかし彼の外泊用バッグは届いていたので、ネルは中身を調べ、薬があるのを確かめて、パトリックに薬をのむことと、連絡のつく電話番号のメモを残した。

〝起きたら、電話をちょうだい〟追伸としてそう書いて、出てきたら目にするように寝室のすぐ外の床に置き、その場に立ってしばらく息子を眺めた。彼はひょろ長い体をベッドに投げ出して眠っている。

不思議ね。ここにはパトリックを助けてもらうためにカルを見つけに来たのに、逆にパトリックがカルを助けたなんて。

このことで父と子の絆《きずな》はきっと強くなるだろう、とネルは思った。そしてアパートメントを出たとき、カルの父親がやってくるのを見て、彼女はひるんだ。もう一つの絆——パトリックをこの国に結びつける、もう一人の人物……。

「あなたは大丈夫ですか?」シークは礼儀正しく尋ねた。

「私は大丈夫ですが、息子はまだ眠っています」

「今朝カリルと話して、パトリックの病気のことを聞いたよ。昨日興奮したから、彼も疲れているだろう。あなたがよければ、彼が起きるまで私がついていよう。カリルの話では、あなたは病院に必要な人で、あの子の面倒は彼が責任を持って見ることになっているそうだね。その責任を私が引き受けよう。私といっしょなら、彼は安全だ。心配はいらない」

心配はしていなかったが、どう答えたらいいのかもわからなかった。「それはご親切に」ネルは弱々しくなんとかそれだけ答え、気を取り直して付け加えた。「でも、わざわざ面倒なことを引き受けていただかなくてもいいんですよ。パトリックは自分のことは自分でするのに慣れていますから」

「カリルが言うには、少年はアラビア語の読み書きを習いたいそうだね。私が喜んで教えよう。ドライブしてもかまわないだろうか？　道路標識や看板に知っている言葉を見つけると、より速く読み方を覚えるんだが」

カリルが言うには――カリルの話では！　ネルはかまわないと答え、病棟に行かなくてはと断って辞したが、ほんとうはカリル・アル・カラーダを見つけ、首を引きちぎってやりたかった。彼は病院のベッドの上にいても蜘蛛《く も》の巣を張り、パトリックを少しずつ家族にたぐり寄せているのだ。

ここにも家族がいるのをパトリックは知るべきだと分別が思い出させるが、ネルは混乱していて、そんなめめしい声に耳を傾ける余裕などなかった。

だが、カルの首を引きちぎるのはあとだ。昨夜は仕事をやりかけたままにして医局を出てきた。それを終わらせなくてはならない。さらにスペインの医療チームとも連携をとる必要があるし、術後の治療が適切に行われているのも確認しなくてはならない。

病棟にはヤスミーンがいて、カルは重態だと知らせてくれた。ネルはうなずいたが、彼に対して無慈悲な気持ちになっているときに、重態であってほしくなかった。ただ、ヤスミーンはカルを神のように崇《あが》めている。重態というのは大げさなのだろうが、働いている間も心配で、怒りも、彼とかかわりを持つまいという決心も鈍りがちだった。

だから、六時にパトリックからその日四回目の電話があったとき、祖父と夕食をとっているという報告を聞いたあと、ネルはさりげなくきいてまわり、カルが病院の最上階の個室にいるのを突きとめた。

「最上階はすべて個室なんです」若い看護師は、天国のことを話すような驚嘆をこめた口調で言った。

ネルは礼を言い、彼女から離れた。ところが暗証番号がいるらしく、エレベーターでは最上階に上がれなかった。彼女は少し考え、カルのオフィスも最上階だったのを思い出した。彼が数字をいくつか打ちこむのをネルは見ていた。あのときはなにも考えなかったが、目を閉じて、彼の動きを思い出そうとした。

〇、九、一、七――私の誕生日だわ。今になって、それに気づいた。エレベーターがおとなしく最上階に上がったので、ネルはにっこりしたが、その暗証番号にするとはカルらしくもないと思った。なぜ私の誕生日を選んだの？

病室があると思われるほうへネルが歩いていくと、とても尊大な感じのシスターが近づいてきた。

「どなたかおさがしですか?」

ネルは熱傷部門の初日にもらった病院内の身分証を掲げた。女性はそれを見て、顔をしかめた。

「あなたの患者はここにはいませんよ」

「いいえ、私はドクター・アル・カラーダに会いに来たんです」自分も尊大に聞こえるように言った。

だが、相手はひるむことなく、軽蔑《けいべつ》したような口調で言い放った。「面会できるのはご家族だけです」

そのとき、黒いローブを着て、ベールをかぶった女性が廊下の奥の部屋から出てきた。彼女がなにか言うと、シスターはネルから離れて返事をし、女性の命令にあわてて従った。

この人がカルの父親といっしょにERに入ってきた女性かどうか確信が持てないまま、ネルはためらいがちに進んでいった。女性はしばらくネルを見つめていたが、部屋に引っこみ、まもなく別の女性とともに戻ってきた。今度の女性は、床から浮いているような、なめらかな動きでネルに近づいてきた。

「あなたはネルね」女性は両手を差し出し、ネルの手を温かく包んだ。「カリルは今眠っていますが、あなた方のことを心配していました。息子さんの面倒を見られなくてすまないと言っています。街まで運転させるような危険な目にあわせたことも」

女性の顔はベールでおおわれていたが、カルに似たその目には鋭い知性がうかがえた。彼の母親に違いないその女性は、心配そうにほほえんでいた。

「パトリックは大丈夫です」ネルは女性を安心させた。「今ごろはすごい冒険だったと思っているんじゃないでしょうか。学校に戻ったら、友達に自慢できると考えていると思いますよ」

明らかに間違ったことを言ったようだ。温かな茶色の瞳から笑みが消え、とまどいが浮かんでいる。

しかし、ネルはどっと疲労が襲ってくるのを感じた。カルが無事だとわかったせいか、彼のことが心配で昨夜寝ていないせいかもしれない。どちらにしても、女性がなぜとまどったような表情になったのか、そのわけを考える気力もなかったので、カルに会えるかと尋ね、部屋に入れてもらった。

五人の女性たちがベッドのまわりに静かに座っていた。うち三人は祈っており、一人は看護師の制服を着ている。残りの四人が家族なのだろう。

すると、カルの母親がみんなを紹介した。こちらが私の妹でカルのおば、こちらとこちらは義理の妹たち、もう一人は私の友達で、おばのようなもの。ネルはじっとベッドに横たわる人物に気をとられながら、全員に小さく挨拶した。

ネルは看護師に尋ねた。「ほんとうに眠っているの？　昏睡《こんすい》ではない？　脳のスキャンは？」

看護師はネルに合図して外に出ると、自己紹介した。アニーというイギリス人だった。

「ええ、彼は眠っているだけです。ゆうべ少し目を覚まして、とても興奮したので、ドクターたちが睡眠導入剤を打ったんです。その間に脳のスキャンをして、体温を下げました。今朝八時ごろ薬が切れて目を覚ましました。マラリアが再発しただけですが、とても消耗しているので、あと二十四時間くらいは眠ると思いますよ」

「でも、あなたはあそこにいるのね。完全看護だし、異常もないのに、なぜなの？」

「ご家族ですよ！」アニーは説明した。「彼らが誰だかご存じでしょう？　この国では彼らは神のような存在なんです。とても敬われているし、担当医師もご親戚が付き添うのはしかたないと。この国の習慣なんです」

「飛行機事故のときに彼に会ったんですね」アニーは説明を終え、もの問いたげにネルを見た。今では病院内の大勢がカルとネルの関係を知っていたが、ネルは説明するつもりはなかった。アニーい、歩み去ったが、アパートメントに通じる階まで下りたとき、彼女ともっと長く話していればよかったと後悔した。

これほど孤独だと感じるくらいなら……。

10

パトリックの次の電話は、病院に戻ったと知らせるものだったが、カルが目を覚ましているので、アパートメントに戻る前に会ってくるという。そうしていいと請け合ったものの、生まれて初めて、ネルは息子に嫉妬《しっと》していた。彼がカルに会えること、カル本人の口から気分がよくなったと聞けることを……。

まわりにあんなにたくさん人がいても？　なにが言える？　愛していると彼に言うの？

ええ、そうよ！　それから、そうした感情の破壊的な要素について、また演説を聞くのよ……。

ネルは部屋を歩きまわった。注文した夕食の横を何度も通り過ぎた。カルを心配するあまり、胃にしこりができたようで、食べられなかった。一方、頭の中では考えはじめていた。もしかして彼が申し出てくれた結婚は、たとえ愛はないとしても、彼がいないよりましかもしれない。

いいえ、飢えている人間には、半分のパンでもないよりましだけれど、私の飢えは感情的なものよ。半分では満足できそうもない。

ネルがそう心を決めたとき、ドアをノックする音がした。パトリックだと思い、ドアをぱっと開けた。すると、カルの母親だろうと見当をつけた小柄な女性がいた。もう一人の女性が誰かはわからなかった。

「パトリックと私の夫はカリルといっしょです。だから、あなたとお話に来ました」ためらいを含んだ声だったが、英語ははっきりしていて、楽に聞き取れた。

二人の女性は椅子に腰かけた。するとカルの母親がローブのポケットから何枚かの紙を出した。

「この紙にはすでに百十四人の名前が書いてあります。今日はまだそれだけです」女性は言い、ネルに紙を手渡した。「英語が書けないのでアラビア語ですが、名前が書いてある人たちはもう登録済みです。ただ検査は時間がかかりそうですけど」

ネルはアラビア語の優雅な文字がいっぱいに書かれた紙を見た。「どういうことでしょうか?」ネルは女性を傷つけたくなくて、そっと尋ねた。

「ゆうべカリルから、お子さんの病気のこと、パトリックに骨髄……移植? それが必要になるかもしれないと聞きました。カリルはもっと前になにかするべきだったと、息子を知りたがった自分のわがままを悔やんでいます。とても動揺していたので、私がなんとかすると安心させたのです。だから、ここに来たのです。そのリストに載っている人々は全員親戚《しんせき》ですが、週末までには一万人以上が登録するだろうと夫は言っています。その次の週にはもっと。カリルは時間短縮のために、検査をする専門家を増やして、コンピューターにすべての結果を入力する人も雇うそうです。我が国の骨髄ドナーバンクは世界中に有名になるだろうと言っています」

ネルは手の中の紙を見て、頭を振った。めったに外出しないだろうこの小柄な女性は、昨夜初めてパトリックの窮状を聞き、そして今、何千人もの人が登録するであろう骨髄ドナーバンクについて話している。全員が検査を受け、リストに名を連ね、見ず知らずの人の命を救おうというのだ。

「ありがとうございます」ネルは言ったが、それだけでは不十分だとわかっていた。

女性はいいのよ、というように手を振って、付け加えた。「パトリックが移植を必要としないことを祈っていますよ」ネルにはなじみのその明るい茶色の目は穏やかな理解をたたえていた。「ですが、あなたがなぜここに来て、私たちに頼まなければならなかったかもわかっています。あなたにとっては決して楽な決断ではなかったでしょう」

ネルはうなずいた。そうなのだ。とてもつらかった。今もとてもつらいのだ。

三人はそのまましばらく座っていた。お茶でも勧めるべきだとネルは思ったが、必要なエネルギーが見つからなかった。すると女性たちは立ちあがり、カルの母親がネルの手をとり、しっかりと握った。

「この先の道は、今は暗く見えるけれど、明るくなるでしょう。あなたの前に輝く光が見えますよ」

ネルはもう一度礼を言い、女性たちをドアまで送った。人に未来が見えるとは思わなかったが、輝く光というイメージには慰められた。

翌日、カルは退院した。案の定パトリックは、家族の敷地内の家まで父親に付き添いたいと懇願した。回復するまで、カルは自宅で二、三日過ごすのだ。

「まあ、だめとは言えないわね」ネルは少しとげのある答え方をした。「一人でずっとここにいろと言っても無理でしょうから」

パトリックはネルの不機嫌を無視して、彼女に抱きつき、ありがとうと言った。そして荷物をまとめ、廊下で待っていた白いローブ姿の男たちに付き添われて出ていった。

「こちらはアーメド、カルの部下の一人だよ」パトリックは出かける前にそう紹介した。

息子と父親との間の愛情はしだいに深まり、パトリックは父親の生活や家族に引きつけられている。

〝私は彼を育てて、彼の命のために戦って、そして失うの？　癌《がん》ではなくて父親に奪われて？〟

そう考えるとあまりにつらく、ネルは泣きそうになった。しかし、カルのためにはもうじゅうぶん涙を流した。そしてパトリックを失うかもしれないという恐れでも、じゅうぶんすぎるほど泣いた。だから、もうこれ以上涙は流さない。泣く代わりにネルはオーストラリアに電話をかけ、両親と話し、パトリックがなぜ留守なのかを説明し、骨髄ドナーの登録について話し、両親の喜ぶ声を聞いた。

受話器を置いたとたん、電話が鳴った。

「見舞いに来てくれなかったね」

カルの声を聞いただけで心臓の鼓動が不安定になったが、責めるような彼の声に、弱くなるまいとネルは心を鬼にした。「行ったわ。あなたは眠っていた。気まぐれな女性訪問客からも、ちゃんと守られていたわよ」

カルは笑った。「守られすぎていたよ。女性に囲まれて暮らすなんて、子供に戻ったような気分だった。父がパトリックと見舞いに来て、女性陣を追い払ってくれたんだ」

「今パトリックはどこ?」ネルは尋ねた。

「厩舎《きゅうしゃ》にいる。年下のいとこたちやその仲間とサッカーをして、今は馬に乗っている。道は明るくしてあるし、みんなパトリックに気づかれないように見張っているよ。あまり疲れさせせないはずだ」

サッカーをして、馬に乗り、車を運転する。父親との生活で、あの子にできないことはなんだろう?

間があって、カルが言った。「皮肉だね、ネル。パトリックが僕を救うことになるなんて。迅速に投薬しなかったら、脳炎のせいで脳にダメージが残る可能性もあったし、死ぬことだってあったんだ」

「脳炎？」ネルは息をのんだ。パトリックの楽しみを不機嫌に感じていた気分は吹き飛んだ。「あなた、脳炎だったの？　誰も教えてくれなかったわ」

「言わなかった？」カルはとまどったような声を出した。「てっきり父が――」

「あなたのお父様は、なにかの再発だって……マラリアだと思っていたわ。まさか脳炎だなんて」

「気をつけろよ、ネル」喜んで喉を鳴らすような声でカルが言う。「心配しているように聞こえる」

「もちろん心配しているわ」ネルはぴしゃりと言い返した。「いつも気にかけているもの。愛しているわ、カル。パトリックのことを話さなかったから、あなたは怒っているわよね。否定され、だまされたと感じているでしょう。だけど、私もあなたにした仕打ちの罰を受けてきた――あなたを愛した罪のね。それで私がどうなったか見てちょうだい」

ネルはがちゃんと電話を切った。

電話はまた鳴った。とるべきではないとわかっていながら、彼女はまた電話に出た。

「それで君はどうなったんだい、ネル？」中断などなかったかのようにカルが尋ねた。

「今の私たちの状態よ。あなたに脅されて……とてつもなく裕福で重要な家族と残るかどうか、パトリックに選ばせなきゃならない。ここなら、馬にも、らくだにも乗れる。砂漠で車を運転し、キャンプにも行ける。その代わりにさえない老母と家に帰るか。おまけにあなたは世界最大になりそうな骨髄ドナーバンクまで用意したわ。彼の健康も、引きとめる餌《えさ》に使えるものね。裁判所でもいい点が稼げるわ」

「ネル、やめろ！　そんな必要はない。僕はまだ君に愛情を持っている。じゅうぶん愛と言える感情だ」

「お尻に噛《か》みつかれでもしない限り、あなたは愛に気づきもしないでしょうよ！」

ネルはまた電話をがちゃんと切り、アパートメントを出た。三度目に鳴ったとき、電話に出ない強さが自分にあるとは思えなかった。彼女は病棟に向かったが、患者に会うときには快活で積極的でなくてはいけないのに、そんな気持ちになれなかった。そこでロビーに行った。病院の外には一度しか行ったことがない。カルが彼女とパトリックを夕食に連れていってくれた夜だけだ。散歩にでも行こう。ホテルへのドライブの途中、エメラルドグリーンのオアシスのように街のあちこちに公園があった。

ネルが正面玄関から出たとき、タクシーがうしろでとまった。突然アイデアがひらめいた。

「タクシー？　砂漠まで連れていってくれる？」

「砂漠まで？　砂漠に行きたいんですか？」

ネルは運転手にほほえんだ。「ここに二週間もいて、砂漠の話はよく聞くけど、見たことがないの。連れていってくれるかしら。それから私が砂漠を見る間、待っててくれる？」

「夜ですよ、お客さん」運転手は言った。ネルの頭がおかしいと思っているのだ。

「でも、月が出ているわ」ネルは指摘した。それからバッグを開け、現地通貨でいくら持っているか数えた。小銭はたいした額にならないようだ。そこで彼女は札を集めて差し出した。「これでたりる？」

「お客さんを砂漠にお連れして、待っているだけで？　じゅうぶんすぎますよ」

運転手は額を言い、頭を振りつづけながらも、ネルがタクシーに乗るのを許し、ゆっくりと病院の敷地から車を出した。幹線道路に入ってからスピードを上げたが、乗客がこれ以上錯乱の徴候を見せるのを警戒しているのか、まだ慎重に運転している。

やがて車は街を離れ、両側になつめ椰子《やし》の木が並ぶ広々した高速道路を走った。椰子の向こうの暗闇《くらやみ》は砂漠だとネルは思ったが、運転手は彼女がもっとなにかを必要としているのを理解しているらしい。ついに彼は高速道路を下り、少し先に進んでとまった。

「私の車は砂の上を走るようにはできていないんで」彼は言い、振り返ってネルを見た。

「だけどそこの砂丘は、東西に国を横切る砂丘の一つめの丘なんですよ。そこに上がると、昼間ほどじゃないが、ずっとはるか先までつながっているのが見えます」
「夜でいいの」ネルは言った。夜がいいのだとは言わなかった。夜なら、おそらく流すだろう涙も隠してくれるはずだった。
「帰ってきやすいようにヘッドライトをつけておきますよ。お願いですから、お客さん、ヘッドライトより向こうには行かないでくださいよ」
「ありがとう」ネルは車のドアを開けて外に出た。砂の質感を感じられるように靴を脱いだ。

暖かな夜気がネルを包み、かすかなそよかぜが髪を持ちあげ、肌をかすめる。あの初めてのとき以来、彼女とカルはよくサウス・ストラドブローク・アイランドでキャンプをし、夜に砂丘を歩き、砂と海と月の光の中に特別な魔法を見つけたものだった。

魔法が必要だとしたら、それは今よ。カルの母親は私の未来に輝かしい光を見た。激しい大火災のようになるはずのカルとの戦いの光だろうか。なぜなら、私は息子を簡単に手放すつもりなどないからだ。

たとえここでの生活のほうが、経済的だけでなく、あらゆる面においてパトリックのためになるとしても？　パトリックが父親と暮らすことを選んでも？

ネルは胸が張り裂けるのをとめようとするかのように、腕を組んだ。私はいったい誰を欺こうとしているのだろう。私とカルのどちらかを選ばせて、パトリックに苦しみを味わわせることなどできるはずもない。

ネルは砂丘のてっぺんに着き、腰を下ろした。砂漠を見渡すよりは未来について考えることにした。

私には仕事がある。熱傷部門の部長を務める専門医を募集したが、見つからなかったとヤスミーンが言っていた。

でも、そこにはカルがいる……。

「ネル」

タクシーの運転手が私のことを頭がおかしいと思うはずだわ。空耳が聞こえるんだもの。

「ネル、今砂丘をのぼっていくよ。君を驚かせたくなかったんだ」

ネルは信じられずに振り返った。

「私を尾行させたの？」彼女は強い口調できいた。「退院したばかりなのに、いったいこんなところでなにをしているの？　気はたしか？」

カルがそばに来て、彼女の横に腰を下ろした。「ばかなのはわかっているが、自分で運転してきたんじゃない。アーメドが連れてきてくれた。実は彼に病院に送ってもらって、ちょうど君がタクシーに乗りこむのを見たんだ。だから、生まれて初めて〝あのタクシーを追え〟というのをやってみたんだ。タクシーの横に車をとめたら、運転手は死ぬまで君を守り抜く覚悟らしかったよ。アーメドと二人でやっと説得したんだ。恋人との待ち合わせなんだってね。僕が誰だかを話したら、ようやく街に戻ってくれた」

「私のタクシーを帰したの？」言い争うようなことでないのはわかっていたが、感情の泥沼の中で、すがれるたしかなものはほかになかった。「でも、お金を払っていないわ」

カルは笑い、少し近づいてネルの肩に腕をまわし、軽く抱き締めた。「払っておいたよ」彼が請け合ったが、ネルはまた別のことを思い出し、きっぱりと主張しようと彼の腕から離れた。

「それに恋人との待ち合わせなんかじゃないわ！」

「そうなるかもしれないよ」カルはつぶやいたが、もう一度触れようとはしなかった。その代わりに膝を抱えてそこに顎をのせ、砂漠をころがり落ちる砂を見渡した。「ここに来たとき、あの島を思い出した？」彼が尋ねた。

ネルはうなずいた。とても大切な思い出のことで、嘘《うそ》はつけなかった。

「僕もだ。砂漠にいるときはいつも考える。だから、休みのときはたいてい一人でここに来て過ごすんだ。たまに鷹《たか》も連れてくるけど」カルは長い間黙っていて、また口を開いた。

「それは愛だと思うかい、ネル？　十四年間、砂漠に来ては、こんなふうに砂丘に座り、島のことや君のことを考えるのは？」

ネルはなにも言えなかった。喉がきつく締めつけられ、二度と口がきけないような気がした。それに、カルは答えを必要としているようには見えなかった。ただ彼はわずかに動き、片手を彼女の肩に置いた。

「ここにいると、君の笑い声が聞こえるんだ」彼は静かに続けた。「街の中では騒音が多くて聞こえないが、ここなら、君が砂丘を駆けおりて、空に向かって笑うのも見える。楽しげな音も聞こえるんだ。それが愛なのか、ネル？」

ネルは答える代わりに肩をすくめた。あれ以来、島には行けなかった。思い出に打ちのめされそうで、こわかったのだ。けれど、カルがここに来ては私のことを考えたとしたら……それは愛なのだろうか？

「僕はただの執着だと思っていた」カルの言葉が空中に漂った。「治すことができる狂気の一種だと。〝医者よ、みずからを治せ〟そんな言葉をよく引用したものだ。だが、治療法などなかった。僕は執着する男ではないはずなんだ。するとある日、君が現れた。被災者の上にかがみこみ、冷静に主導権を握り、僕のほうを向いて〝こんにちは、カル〟と言った。まるで昨日別れたばかりのように」

肩にかかるカルの手が重たくなったが、まだ話が終わっていないのはネルにもわかっていた。

「だから、それだけでもまずいのに、君はだしぬけにパトリックのことを持ち出した。あのとき、君は僕のためを思ってそうしたのだと頭の隅ではわかっていながら、ひどく腹が立ったんだよ、ネル。同時に喪失感に苦しめられた。息子の生活を長い間奪われて、いらだちも感じた。わかるかい？」

カルがネルではなく、まだ砂漠を見ているのはわかっていたが、ネルはうなずいた。

「しかし、非難しながらも、僕は君を求めていた。君の姿をさがし、見つけ出し、君のそばにいると気分がよかった。始終喧嘩《けんか》をしていてもね」

今、カルはネルのほうを向き、彼女の顎に手を添えて、自分のほうを向かせた。

「それは愛なのか、ネル？　その愛の対象と言い争うとき、心が痛むのが愛なのか？　愛のせいで、逆に愛する人を傷つけたくなるのか？　僕はそれが愛だとは思えないんだよ、ネル。ほんとうに僕が君を愛していたら、君の息子を取りあげるといって脅せるはずがない。愛とはそれほど不合理なものなのかい？　愛の名のもとに間違ったことをするほど、人を混乱させるものなのか？」

ネルはカルを見つめた。この見慣れない景色の中で、見慣れた顔が月明かりで若く見えた。

「人を傷つけるのが愛だとは思わないわ、カル。でも、愛は傷つくことから守ってはくれないの。傷ついたときに、おたがいのためにそこにいるのが愛なの。そういうときこそ、愛が必要だから。喜びと同じように、苦しみも分かち合うの。愛は砂漠のようなものだわ。地平線まで果てしなく広がっているもの――限りがないの。私たちが座っている砂粒のように、量をはかることはできない」

ネルは顔をそむけ、砂丘に戯れる月の光を眺めた。

「熱傷部門の部長に応募してもいい？」

「ここにとどまるつもりかい？」

カルの声に宿る喜びは聞き違えようがなかった。

「もしもパトリックがここで暮らしたいと言ったら、ええ、彼のそばにいられるように職を得たいわ。それを決めるために、砂漠に来たの。パトリックにとって、なにが最善かを。彼をあなたと争いたくないのよ、カル。彼に私たちのどちらかを選ばせたくもない。あの子はもうじゅうぶん苦しんだわ。彼を愛しているはずの私たちがプレッシャーをかけてはいけないのよ」

「だが、君は僕といっしょにいるんだ！　僕たちは家族になる！　もちろんそうしたければ、働いてもいい。部長として君以上の医者は望めないだろうが、君はまるで――」

「私たちが別れるみたいな言い方をするって？　そうじゃないの、カル？　形の上で、パトリックやあなたの家族のために同じ家に住んだとしても、それでも心は離れているんじゃない？」

「君を愛しているのに、信じてくれないのか？」

二人の間に落ちたその言葉は平板で、なぜか醜悪に響いた。

「どうして信じられる？　あなたはまだ自分でもそれを信じていないのに。あなたは私のことを執着だと思っているのよ。治療法をさがしているのよ。私たち、同じ家に住んで、ベッドをともにすることはできるでしょう。ええ、それはいいわ。でも、私の心は死んでいるのよ、カル。ドラマチックに聞こえたなら、ごめんなさい。でも、愛は真空では生きられないの。はぐくむ必要があるの。贈り物や約束ではなく、愛し返してもらうことで」

カルが立ちあがり、砂丘の斜面を下りていく。車のほうではなく、反対側へ。

そして彼は夜空に向かって両手を上げた。「言葉でたりないときは、どうすればいい?」ネルではなく、月と星に問いかけた。「ここで僕たちは自然の大きさを目にしているが、愛の大きさはどうやって見せればいいんだ?」

カルが振り返り、白いローブがふわりとひるがえった。彼は戻ってきて、ネルの前にひざまずいた。

「そうだ、執着だ。だが、僕は治療法は欲しくないよ、ネル。それも愛だからだ。とても深く強く、なにもかも奪う愛を執着と呼ぶこともある。ただ呼び名はどうであれ、僕は一生その気持ちを忘れたくない」彼はネルの両手をとり、唇に持っていった。「そして、一生、君に僕とともにいてほしい……」

ネルの胸の中で心臓が強く打ち、頭の中で希望が脈打った。彼女は不安と信じられない気持ちで、彼の名を呼んだ。

「カル?」

彼はネルを引き寄せ、蝶《ちょう》のように軽い口づけで、それ以上の質問を封じた。

「愛しているよ、ネル」カルの声はおごそかに低く、きわめて真剣だった。「ほんとうは確信していた。空港でふたたび君に出会ってからずっとだ」彼は静かに付け加えた。「しかし、頑固さがそれを認めるのをじゃました。ただ、愛を否定し、あざけるほど、心の中では僕の君に対する気持ちこそ愛なんだと確信した」彼は両手でネルの顔を包み、じっと目をのぞきこんだ。「僕は自分の気持ちをコントロールするのに慣れている男だ。それなのに、君といると、それができなくなる。僕にとっては、とてもこわいことなんだ」

「それじゃ、いっしょにいる限り、こわがるっていうこと?」ネルはからかった。愛の奇跡にふたたび包まれたという確信を得て、幸せの絶頂にいた。その愛は魔法の輪の中に彼女とカルを、そしてパトリックを包みこんでくれた。

「そうかもしれないな」カルが憂鬱《ゆううつ》そうに答えた。

「あら、それはよかったわ」ネルは言った。「だって、愛のいいところの一つは、こわいときにおたがいにしがみつけることだもの」

ネルは近づき、カルの唇にキスをし、彼をしっかりと抱き締めた。

●本書は、2008年5月に小社より刊行された作品を文庫化したものです。

涙は砂漠に捨てて
2024年9月15日発行　第1刷

著　　者／メレディス・ウェバー
訳　　者／三浦万里（みうら　まり）
発 行 人／鈴木幸辰
発 行 所／株式会社ハーパーコリンズ・ジャパン
東京都千代田区大手町 1-5-1
電話／04-2951-2000（注文）
0570-008091（読者サービス係）
印刷・製本／中央精版印刷株式会社
表 紙 写 真／© Azat180885 | Dreamstime.com

ISBN978-4-596-71213-4

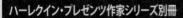